Le secret de Toutankhamon

Si tu veux en savoir plus, tu trouveras à la fin du livre
des informations sur Toutankhamon
et un glossaire.

TITRE ORIGINAL :
Die Zeitdetektive : Geheimnis um Tutanchamun

Loi n°49-956 du 16 juillet 1949 sur les publications destinées à la jeunesse.
Dépôt légal : février 2008
ISBN : 978-2-7470-2274-3
Imprimé en Allemagne par Clausen & Bosse

DÉTECTIVES DU TEMPS

Le secret de Toutankhamon

FABIAN LENK

traduit de l'allemand par
Laurence Bouvard

Illustrations intérieures de
Serge Prud'homme

BAYARD JEUNESSE

Kim, Julien, Léo et Kija, les détectives du temps

Kim l'effrontée, Léo le sportif, l'astucieux Julien et Kija, la mystérieuse chatte égyptienne, forment une petite bande qui partage un secret…

Ils possèdent la clef qui ouvre la vieille bibliothèque du monastère bénédictin Saint-Barthélemy. Au cœur de celle-ci se cache Tempus, une salle étrange qui permet de voyager dans le passé et dont le sol bat au rythme des pulsations de l'Histoire. Là se trouvent des milliers de portes, chacune s'ouvrant sur une année écoulée. En les franchissant, les trois enfants peuvent se rendre aux époques qui les fascinent, comme la Rome antique ou l'Égypte des pharaons, et y élucider des affaires criminelles inexpliquées.

Pour revenir dans le présent, il suffit aux voyageurs de regagner l'endroit précis de leur arrivée, et Tempus les ramène.

Alors que leurs expéditions durent parfois plusieurs jours, les enfants constatent, au retour, que les aiguilles de leurs montres n'ont pas bougé d'une seconde. Ainsi, personne ne sait rien des aventures secrètes des détectives du temps.

1. Le faucon

Le car scolaire roulait en cahotant sur les pavés de Siebenhann. Après avoir évité la zone piétonne du centre-ville, où était installé le Venezia, le célèbre glacier, le véhicule traversa un pont, parcourut les vingt kilomètres qui séparaient la cité médiévale de la grande ville voisine et s'arrêta devant le musée d'ethnologie.

Sitôt les portes ouvertes, vingt-six jeunes gens se précipitèrent sur le trottoir et se massèrent autour de leur professeur, un petit homme vêtu d'un veston gris usé.

– Silence ! cria-t-il en agitant les bras. Tenez-vous correctement au moins une fois dans votre vie !

– Ce bon vieux Tebelmann est au bord de la crise de nerfs, remarqua Léo avec un sourire ironique.

– Exact, fit Kim. Son prochain face-à-face avec Toutankhamon doit le stresser.

Julien évita de justesse un avion en papier lancé par l'un de ses camarades.

– Nous n'allons pas voir Toutankhamon mais son masque funéraire, précisa le garçon. Qu'est-ce que tu transportes dans cet énorme sac, Kim ?

La jeune fille rougit légèrement.

– Rien de spécial. Mon pique-nique, c'est tout, s'empressa-t-elle de répondre.

Julien lui jeta un coup d'œil en coin. Il n'en croyait pas un mot. Il s'apprêtait à répliquer lorsque la voix claire de Tebelmann s'éleva :

– J'ai vos billets ; inutile de vous bousculer pour être les premiers à pénétrer dans le musée !

– Ça ne risque pas, M'sieur ! lança quelqu'un.

Des rires fusèrent. Ignorant la remarque, le professeur se dirigea vers l'entrée, les collégiens sur ses talons.

– Je suis super content de visiter cette expo !

fit Julien. On a une chance inouïe que les fameux masques funéraires fassent partie de cette collection. Ils doivent coûter une fortune. Je crois que…

– Hé ! Regardez le faucon là-haut ! le coupa Kim.

Elle montra du doigt la branche d'un grand bouleau tout proche, sur laquelle une crécerelle à la poitrine tachetée de blanc et de brun s'était posée.

– Et alors ? demanda Julien, irrité d'avoir été interrompu. Un faucon, ça n'a rien d'extraordinaire par ici !

Kim haussa les épaules :

– Je ne sais pas. J'ai eu l'impression qu'il nous regardait…

– Quoi ? s'étonna Julien.

– Ton imagination te joue des tours ! s'exclama Léo.

Mais, tandis que Julien reprenait son exposé sur Toutankhamon, Kim garda les yeux rivés sur l'oiseau. Plus ils s'en approchaient, plus ses doutes se dissipaient : le rapace les observait bien !

Deux minutes plus tard, au moment de franchir le portique d'entrée, Kim se retourna une dernière fois. Le faucon, toujours installé à la même place, avait tourné la tête, comme pour mieux la fixer. Leurs regards se croisèrent. Une étrange bouffée de chaleur monta aux joues de la jeune fille. Il lui semblait que les grands yeux noirs du prédateur voyaient jusqu'au tréfonds de son être. Elle se détourna rapidement et se hâta de pénétrer dans le musée.

Le groupe, guidé par un Tebelmann tout excité, parcourait les salles de l'exposition. Des offrandes funéraires destinées à accompagner le pharaon dans son dernier voyage, ou à améliorer son séjour dans l'au-delà, s'offraient aux regards des visiteurs : une broche en or en forme de *scarabée*, un pendentif représentant un faucon, une double bague en *lapis-lazuli* finement ciselée… Ils admirèrent aussi un vase à parfum, haut de cinquante centimètres, orné de la tête de la déesse *Hathor*, ainsi qu'un pectoral en or pur, paré d'incrustations de cristal multicolore, des *croix d'Ankh* en argent, et des coffres en ivoire richement sculptés.

Fascinée par tous ces trésors, Kim avait quasiment oublié le faucon, son attention retenue par tout autre chose : depuis dix minutes, son sac semblait avoir pris vie et se tortillait bizarrement. La jeune fille le serra discrètement contre elle en murmurant :

– Chut ! On y est presque !

Tebelmann écarta les bras :

– Nous arrivons au point d'orgue de cette

exposition exceptionnelle. Le 12 février 1924, Howard Carter, un archéologue réputé, fait ouvrir le cercueil du dieu faucon, c'est alors que…

– Le dieu faucon ? s'exclama Kim, troublée.

L'image de l'oiseau de proie dans le bouleau et leur incroyable échange de regards l'envahirent.

– Pourquoi l'appelait-on comme ça ? poursuivit-elle.

Tebelmann haussa les sourcils.

– À cette époque, le pharaon était considéré comme l'incarnation du dieu *Horus*, expliqua-t-il d'un ton professoral. Horus, fils d'*Isis* et d'*Osiris*, était le maître des cieux. C'est la raison pour laquelle il était symbolisé par un faucon. Tu comprends ?

– Toutankhamon, le dieu faucon, murmura Kim, les yeux dans le vague.

Tebelmann approuva de la tête :

– Oui, on le désignait ainsi.

Puis il continua d'évoquer les circonstances de la mise au jour du tombeau de Toutankhamon :

– Peu après cette découverte extraordinaire, il y eut une série de décès étranges. En très peu de temps, cinq archéologues anglais renommés moururent dans des circonstances inexpliquées. Leur seul point commun était leur amitié avec Howard Carter qui, depuis toujours, était à la recherche de la tombe de Toutankhamon dans la Vallée des Rois. Une terrible rumeur ne tarda pas à se répandre : ils auraient été victimes de la malédiction du pharaon, celle qui était gravée à l'entrée de la chambre mortuaire…

Léo était suspendu à ses lèvres :

– Que disait l'inscription ?

Tebelmann le regarda par-dessus ses lunettes :

– En substance, que tous ceux qui auraient l'audace de franchir le seuil du tombeau trouveraient la mort.

– Carter aussi était concerné par la prédiction ! s'exclama le garçon.

Le professeur hocha la tête.

– Tu as raison. Mais lui fut épargné. Néanmoins, à ce jour, le mystère de ces cinq disparitions n'est pas élucidé et l'on persiste à évoquer la malédiction du pharaon.

Sur ces mots, il conduisit les enfants jusqu'à

une vitrine en verre feuilleté où reposait le célèbre masque d'or de Toutankhamon. Devant le spectacle de cette œuvre d'art, d'une valeur inestimable, tous restèrent bouche bée, y compris les élèves les plus rétifs à l'histoire qui, d'habitude, étouffaient des bâillements pendant les cours de Tebelmann.

Léo, Julien et Kim étaient au bout de la queue qui s'était formée devant le masque et attendaient patiemment leur tour.

– Lorsque Toutankhamon décède, en l'an 1327 av. J.-C., il n'est âgé que de dix-huit ans, reprit le professeur. Est-il mort des suites d'une maladie ? A-t-il été assassiné ? Cela reste l'une des plus grandes énigmes de l'histoire… On a néanmoins retrouvé quelques indices permettant d'éclaircir les circonstances de sa mort. On a ainsi constaté que Toutankhamon avait une plaie à la tête. Mais on ne sait pas si elle est à l'origine de son décès. Comme vous le voyez, il est très probable que le mystère ne puisse jamais être élucidé…

Les trois amis échangèrent un regard complice. Kim, Julien et Léo se comprenaient sans avoir besoin d'échanger un mot. Il ne leur avait fallu qu'une petite seconde pour prendre leur décision : ils allaient rendre visite à Tempus, la salle du temps.

Lorsque ce fut leur tour de passer devant la vitrine, Tebelmann et leurs camarades s'étaient déjà éloignés. Avec un profond respect, les enfants admirèrent le masque en or poli, superbement ouvragé. Les traits du visage étaient en paix, comme reposés, les yeux, en quartz blanc et *obsidienne* noire, semblaient confiants.

Tout à coup, Léo se détourna.

– Qu'est-ce que c'était ? demanda-t-il à Kim.

– De quoi parles-tu ? répliqua-t-elle innocemment.

– Du bruit qui vient de ton sac !

Le garçon sourit :

– Si je ne me trompe pas, ça ressemblait à un miaulement !

– C'est bon, vous avez gagné…, admit Kim, gênée.

Elle s'assura que personne ne l'observait et fit glisser la fermeture éclair. Kija bondit à l'extérieur.

– Je ne pouvais tout de même pas l'abandonner à la maison pendant que nous allions visiter une exposition sur Toutankhamon, fit Kim pour se justifier. Après tout, l'Égypte, c'est son pays !

Léo et Julien étouffèrent un éclat de rire.

– Je ne suis pas sûr que le personnel du musée soit enchanté que notre petit tigre se promène par ici. Il vaudrait mieux qu'on ne le voie pas, fit remarquer Julien.

Il essaya de caresser le gracieux félin, mais Kija l'évita. La queue dressée et les yeux grands ouverts, elle se mit à tourner autour de la vitrine jusqu'à ce que Kim parvienne à l'attraper.

– On va perdre les autres, il faut y aller ! lança Léo en prenant la direction empruntée par Tebelmann.

Julien le suivit à regret. Seules, Kim et Kija restèrent un moment devant le masque doré.

– Quel travail magnifique ! murmura Kim en caressant la chatte.

Soudain, elle sentit le corps de l'animal se raidir et son poil se hérisser.

– Que t'arrive-t-il ?

Puis elle distingua ce que Kija avait vu : les yeux du masque d'or semblaient bouger. Était-ce une illusion d'optique due à un reflet lumineux sur la vitre ? Kim les examina avec plus d'attention : ils bougeaient, c'était une certitude.

Glacée d'effroi, la jeune fille se figea.

2. Le départ

En sautant des bras de Kim, Kija la tira de sa torpeur.

– Léo, Julien ! cria la jeune fille affolée.

Les garçons s'empressèrent de la rejoindre ; ils avaient senti le trouble dans la voix de leur amie.

– Là… Là-bas ! bafouilla Kim en désignant la vitrine.

– Quoi ? Qu'est-ce qu'il y a ? Je ne vois rien de spécial ! constata Léo.

Kim s'obligea à fixer de nouveau le masque, mais il avait repris son aspect normal.

– Il y a deux secondes, il m'a semblé que…

Elle s'arrêta au milieu de sa phrase. Personne ne pourrait la croire, pas même Léo ou Julien. C'était insensé !

– Tout va bien, Kim ? demanda Julien. Tu es blanche comme un cachet d'aspirine.

Elle hocha la tête :

– Ça va. On ferait bien de se dépêcher maintenant.

Elle attrapa la chatte et réussit avec peine à la remettre dans le sac.

Une demi-heure plus tard, les trois amis et leurs camarades retournaient au bus. Les conversations allaient bon train. Visiblement, l'exposition les avait tous beaucoup impressionnés.

En passant près du bouleau, Kim leva les yeux et ne fut pas étonnée de trouver le faucon toujours posé sur sa branche. Elle eut à nouveau l'impression que l'oiseau l'observait et se demanda un instant si elle devait en faire part à ses amis. Finalement, elle préféra se taire : Léo et Julien l'auraient certainement crue folle et, après l'incident du masque, ça n'aurait rien eu d'étonnant !

Pourquoi les yeux de pierre avaient-ils bougé ? Pourquoi Kim avait-elle remarqué ce faucon ? Elle eut l'intuition que ces signes avaient un rapport avec la mort de Toutankhamon, et la mettaient sur la piste de l'énigme. À moins que la destinataire de ces messages ne soit pas Kim, mais Kija. C'était logique : après tout, la chatte venait de l'Égypte ancienne ! Peut-être était-elle une sorte d'ambassadrice du passé dont la mission serait de les encourager à partir pour Thèbes l'année de la mort de Toutankhamon ? Kim était maintenant fermement décidée à chercher la clef du mystère. Plongée dans ses pensées, elle suivit les garçons et grimpa dans le bus.

– À quelle heure, le départ ? souffla Julien en s'installant dans la dernière rangée de sièges.

– J'ai entraînement jusqu'à six heures ce soir, dit Léo.

– Après dix-huit heures, c'est bien pour moi, fit Kim.

Julien aussi était d'accord :

– Parfait : la bibliothèque sera fermée.

Il eut un petit sourire :

– Enfin, pas pour tout le monde…

La nuit commençait à tomber lorsque les trois amis prirent le chemin du vénérable monastère Saint-Barthélemy.

Là, protégé par des murs épais, se trouvait leur trésor : l'exceptionnelle bibliothèque de Siebenhann, qui abritait non seulement de précieux ouvrages, mais aussi Tempus, la mystérieuse salle du temps.

Julien fouilla dans sa poche et en sortit la clef du bâtiment. Quelques minutes plus tard, les enfants s'installèrent dans la pièce réservée aux livres d'histoire ; ils voulaient rassembler quelques informations sur Toutankhamon avant d'entamer leur voyage dans le passé.

Kija ne tenait pas en place et errait d'un endroit à l'autre.

Kim fut la première à mettre la main sur un volume consacré à l'histoire de l'Égypte, qu'elle déposa sur un pupitre de lecture. Très vite, les recherches de Léo et Julien aboutirent aussi ; les trois amis se mirent à lire, concentrés, dans un silence de plomb.

– Ha, ha ! s'écria la jeune fille au bout d'une dizaine de minutes. J'ai trouvé quelque chose sur Toutankhamon. En gros, c'est ce que Tebelmann a raconté. Le pharaon a accédé au trône alors qu'il était encore enfant. Le *vizir* Ay s'est chargé de gérer les affaires de l'État jusqu'à ce que Toutankhamon soit en âge de le faire lui-même. En fait, son règne n'a pas été marqué par de grands événements. Sa seule particularité tient au fait que sa tombe n'a pas été pillée et que les trésors qu'elle contenait se sont révélés absolument uniques. De plus…

Des coups aux carreaux les firent sursauter. Kim leva la tête et n'en crut pas ses yeux : la silhouette d'un oiseau se découpait derrière la vitre. La jeune fille comprit tout de suite qui venait de frapper dans l'obscurité. D'un pas rapide, elle se dirigea vers la fenêtre et l'ouvrit. Le faucon battit des ailes et vola jusqu'au dernier rayon d'une étagère où étaient rangés des ouvrages sur le Moyen-Âge. Kija interrompit sur-le-champ son va-et-vient inquiet, s'assit et soutint le regard du faucon qui la fixait.

– Pourquoi l'as-tu fait entrer ? s'exclama Léo. On n'arrivera jamais à le déloger de là.

– Mais si, répliqua Kim avec calme. Ce n'est pas un oiseau ordinaire.

– Qu'est-ce que tu veux dire ?

– C'est le faucon que nous avons vu ce matin. Vous vous rappelez ? Je vous l'ai montré devant le musée.

Léo murmura quelques paroles incompréhensibles tandis que Julien se grattait la nuque.

– J'ai l'impression bizarre qu'il veut nous montrer quelque chose, ajouta la jeune fille à voix basse.

Comme si le rapace l'avait entendue, il quitta son perchoir et passa dans la pièce voisine.

– Venez ! lança Kim en suivant l'oiseau.

Elle était convaincue qu'il se dirigeait vers la salle du temps, pourtant soigneusement dissimulée. Elle ne se trompait pas. Le faucon, les ailes déployées, vola jusqu'à un rayonnage que l'on pouvait faire glisser grâce à des rails dissimulés dans le sol. Derrière se cachait Tempus.

– Êtes-vous prêts à partir pour Thèbes, en l'an 1327 av. J.-C., date de la mort de Toutankhamon ? demanda Kim aux garçons.

Julien et Léo firent un petit signe de tête ;

Kija miaula avec excitation. En unissant leurs forces, les trois amis firent coulisser le meuble ; la porte noire de Tempus, richement ornée, apparut. Comme toujours, leurs cœurs battaient à tout rompre. Jamais ils ne pourraient s'habituer à franchir le seuil de cette salle étrange. Ils pénétrèrent en silence dans son univers trouble, nébuleux et bleuté. Cette fois-ci, ce n'était pas un seul animal qui les accompagnait, mais deux : Kija et le faucon, qui planait juste au-dessus de leur tête. En quête de la porte marquée du chiffre 1327, les détectives du temps avançaient d'un pas mal assuré sur le sol de Tempus qui vibrait au rythme des pulsations du temps. Soudain, l'oiseau poussa un cri strident. Les enfants levèrent les yeux et le virent se jeter comme une flèche sur l'un des battants : c'était celui qu'ils cherchaient. Ils s'approchèrent pour l'ouvrir : un vent chaud les enveloppa, comme pour les attirer dans l'abîme. Pendant quelques secondes encore, ils restèrent immobiles, se tenant par la main, l'esprit totalement concentré sur la ville de Thèbes.

Puis tout se mit à tourner à une vitesse extraordinaire. Le voyage dans le temps commençait...

3. La malédiction

Les enfants se faufilèrent derrière un *pylône* en pierre qui servait d'entrée au site dédié au culte des dieux *Amon*, *Khonsou* et *Mout*. Leur arrivée à Thèbes était passée inaperçue.

– Waouh, quelle chaleur ! s'écria Léo, ravi.

– Oui, c'est génial ! fit Kim.

Les deux garçons portaient un simple pagne écru, alors qu'elle était vêtue d'une robe en lin blanche retenue aux épaules par deux bretelles.

Bien que le soleil ait déjà commencé à décliner, l'air était encore très doux.

– Kija semble ravie d'avoir retrouvé son pays natal !

C'était vrai. La queue de la chatte se dressait en point d'exclamation, signe qu'elle était d'excellente humeur.

– En plus, comme on connaît ce pylône depuis notre dernier séjour en Égypte, quand on a déjoué le complot qui menaçait la pharaonne Hatshepsout, on n'aura aucun mal à le retrouver quand on voudra rentrer ! remarqua Julien.

À chaque aventure dans le temps, les enfants devaient bien mémoriser le lieu de leur arrivée, où il leur faudrait revenir pour regagner leur époque.

Kim repoussa une mèche de son visage :

- Venez, allons faire un tour dans Thèbes. J'ai hâte de voir si la ville a beaucoup changé depuis notre dernière visite.

Elle jeta un coup d'œil à Kija :

– En route pour le palais de Toutankhamon ! Tu nous guides, princesse ?

– Une minute, Kim ! protesta Julien. Tu n'as pas l'intention de te présenter dans la demeure du pharaon, tout de même ? On va nous jeter dehors, comme des malpropres !

La jeune fille lui décocha un petit sourire :

– Peut-être que la chance sera de nouveau avec nous, et qu'on trouvera du travail là-bas, comme au temps d'Hatshepsout. Essayons, on verra bien !

Julien soupira. Kim était une incorrigible optimiste ! Lui, en revanche, réfléchissait un peu trop à tout ce qui pouvait aller de travers... Plongé dans ses pensées, il suivit ses amis.

Le chemin s'était éloigné des temples et suivait les berges du Nil. Des pêcheurs, debout au milieu de l'eau, se débattaient avec d'immenses filets où frétillaient une multitude de poissons. Des enfants chahutaient sur la rive tandis que des femmes remplissaient d'eau leurs cruches en argile. Un peu plus loin, un homme armé d'un arc et de flèches, à moitié dissimulé par les grands roseaux, chassait le canard.

Les trois amis suivaient un paysan qui marchait derrière un âne chargé de plusieurs sacs. Il y avait très peu de constructions près des temples, mais, à mesure qu'ils avançaient, elles devenaient plus nombreuses. Les maisons de briques blanchies à la chaux, à la silhouette trapue et au toit plat, semblaient se serrer de plus en plus étroitement les unes contre les autres. Ils arrivèrent au cœur de Thèbes par un dédale de ruelles. Les habitations jouxtaient les magasins, ateliers et tavernes. Il faisait lourd, aucun souffle d'air ne rafraîchissant l'atmosphère. Partout, le commerce allait bon train. Dans les enclos, des bœufs meuglaient, des cochons grognaient, des canards cancanaient, des chèvres bêlaient et des chevaux hennissaient. Sur un éventaire, on pouvait acheter des porte-bonheur : des croix d'*Ankh* ou des bagues ornées d'un *scarabée*. Sur d'autres étals étaient disposés des épices odorantes, des vins forts, des dattes sucrées et du pain d'orge tout juste sorti du four. Un marchand faisait de la réclame pour ses miroirs finement polis, tandis que son voisin vantait haut et fort les mérites d'une pommade miracle, censée soulager les douleurs de toutes sortes. Une jeune femme proposait à l'admiration des passants des étoffes délicatement tissées. Comme toujours lorsqu'ils voyageaient dans le passé, Julien, Kim et Léo comprenaient parfaitement la langue locale.

Tout à leur émerveillement, ils se laissaient

porter par la foule. Oubliée, l'idée de se rendre directement au palais ! Ils étaient envahis par des vagues de sensations étourdissantes. Au bout d'une heure, ils se retrouvèrent dans un quartier plus pauvre où l'on pouvait voir de nombreuses ruines de maisons en brique.

– Sale tricheur ! s'écria une voix. Je vais te tuer, par Amon !

Un jeune homme mince bondit à l'extérieur d'une auberge. Il était poursuivi par un véritable géant, aussi large que haut, au visage déformé par la colère. Le colosse jeta une cruche en argile dans la direction du fuyard. Le projectile manqua sa cible d'un cheveu et explosa bruyamment contre le mur le plus proche. Le fugitif passa tête baissée devant les enfants en leur jetant un regard implorant :

– Aidez-moi ! Si Kaaper m'attrape, je suis mort !

Sur ces mots, il continua sa course, ralenti par la foule. L'incident ne semblait pas intéresser les passants et personne n'avait l'idée de prêter main-forte au malheureux.

– Tu vis tes derniers instants ! hurla Kaaper,

tout en s'emparant d'une longue latte de bois.

Sans vraiment réfléchir, Léo passa à l'action. Il tendit la jambe et, au moment où Kaaper le croisa, lui fit un croche-pied. Déséquilibré, le grand gaillard poussa un cri et s'effondra dans la poussière. Léo prit les jambes à son cou.

– Vite, filons !

Les trois amis se faufilèrent adroitement à travers la cohue. Kaaper s'était déjà relevé, furieux. Il poussa un juron et se lança à leur poursuite en soufflant comme un hippopotame. L'instant d'après, les enfants se retrouvèrent bloqués dans une impasse. Affolés, ils se retournèrent. Comment échapper à ce piège ?

– Psitt ! Par ici !

Dissimulé derrière une porte en bois, le fuyard leur faisait signe. Sans perdre un instant, le trio se glissa près de lui et le jeune homme verrouilla l'accès.

La voix menaçante de Kaaper résonna à l'extérieur, mais elle s'étouffa rapidement : il avait perdu leur trace.

– Ouf, j'ai eu chaud ! s'exclama le fugitif.

On ne pouvait dire que son visage mince, au nez en trompette et aux yeux pétillants de vie, était beau, mais il était séduisant.

– Je vous remercie mille fois. Vous m'avez sauvé la vie ! ajouta-t-il. Au fait, je m'appelle Iti.

– Merci à toi ! Tu nous as tirés d'un sacré mauvais pas ! s'exclamèrent les enfants en souriant.

Ils lui serrèrent la main et, à leur tour, se présentèrent. Lorsque Iti leur demanda d'où ils venaient, Julien raconta l'histoire habituelle : ils étaient orphelins et avaient rejoint la grande ville de Thèbes dans l'espoir de trouver du travail. La chatte qui les accompagnait s'appelait Kija ; elle leur appartenait.

– Vous pouvez vous installer ici pour quelque temps, leur proposa Iti. Je vous dois bien ça ! On y verra plus clair demain. Peut-être réussirez-vous à dénicher un emploi.

Ils passèrent du couloir à la pièce voisine. Elle baignait dans une agréable pénombre, car seule une petite fenêtre sous le toit l'éclairait. Elle était juste meublée de trois chaises, d'une table basse, de quelques cruches et d'un lit de camp. On apercevait deux autres pièces un peu plus loin.

L'une d'elles était la cuisine. Iti s'y engouffra. En le voyant revenir avec une cruche d'*irtet*, Léo, Kim et Julien, qui adoraient le lait de chèvre, réalisèrent qu'ils avaient très soif.

– Pourquoi ce bonhomme te poursuivait-il ? demanda Léo tout en s'essuyant la bouche de la main.

Iti haussa ses frêles épaules :

– Oh, rien de spécial. Nous avons joué, c'est tout. Et ce gros balourd de Kaaper a cru que j'avais triché.

Léo avait l'impression qu'Iti ne disait pas toute la vérité ; il insista :

– Tout de même, ce n'est pas un motif suffisant pour courir après quelqu'un, armé d'une latte en bois !

Iti essaya d'éluder la question puis finit par avouer :

– Bon, d'accord. On ne jouait pas pour le plaisir, mais pour des *debens*. Et, c'est vrai, il y en avait un bon paquet sur la table ! Kaaper a perdu, et ça l'a rendu fou, comme vous avez pu le constater. Les gens en viennent vite aux mains dans ce quartier.

– Tu l'as vraiment escroqué ? voulut savoir Kim.

Elle posa son bol de lait par terre pour Kija. Iti leva les yeux au ciel :

– On va dire que j'ai un peu aidé la chance. Et Kaaper a dû s'en rendre compte ! Mais il n'y a plus de danger maintenant. Voulez-vous manger quelque chose ?

Les enfants hochèrent la tête.

Soulagé d'avoir réussi à changer de sujet, Iti retourna à la cuisine et en rapporta des grenades, des figues et un melon. Tout en mangeant, il leur apprit qu'il travaillait à la cour du pharaon.

– Aujourd'hui, c'est mon jour de repos ; mais je passe toute la semaine au palais, où je côtoie le puissant dieu faucon ! leur annonça-t-il fièrement. Je masse le grand Toutankhamon avec les meilleures huiles du monde !

Puis il baissa la voix et déclara tristement :

– Notre pharaon bien-aimé souffre souvent de violentes douleurs au dos. Il peine à tourner

la tête. Ses problèmes viennent certainement de sa colonne vertébrale. Je me donne toujours beaucoup de mal pour le soulager, mais le plus souvent ça ne sert à rien. Notre souverain n'a pas de chance. Parfois, j'ai l'impression qu'une malédiction pèse sur lui et son épouse, la belle Ankhsenamon…

Julien tendit l'oreille :

– Une malédiction ?

– Oui, continua Iti. Ankhsenamon ne parvient pas à mettre au monde un bébé vivant ; ça la rend malheureuse comme les pierres. Mon maître ne laisse rien paraître, mais je vois bien qu'il est très affecté lui aussi. Et ce mal de dos qui ne le quitte pas ! Je suis sûr qu'une malédiction a été lancée contre lui et sa famille et que c'est *Seth* le responsable !

Kim et Léo jetèrent un regard interrogateur à Julien. Qui était ce Seth ?

Julien leur fit discrètement signe de se taire. Il connaissait bien le personnage : il avait lu dans un livre sur l'Égypte que cette divinité était à l'origine des plus grandes peurs des Égyptiens. C'était le dieu des bouleversements et des calamités, le maître des forces du mal.

Julien avait beau se dire qu'Iti était superstitieux, cette histoire de malédiction divine le troublait tout de même un peu…

4. Mort au palais

Rê, le dieu solaire, enveloppait la terre du Nil de sa chaude et rougeoyante lumière matinale. Sur le fleuve retentissaient des éclats de voix provenant d'équipages en route pour la pêche dans leurs bateaux en roseaux. La ville était réveillée depuis longtemps, elle aussi. Des marchands et leurs charrettes, conduites par des ânes, circulaient bruyamment dans les ruelles.

Kim se réveilla avant les garçons. Il lui fallut une poignée de secondes pour se rappeler qu'elle était en Égypte, dans la maison d'Iti. Encore à moitié endormie, elle bâilla et constata qu'elle avait mal au dos. Son matelas, une natte en jonc toute fine, en était sûrement responsable, mais il lui faudrait bien s'y habituer !

Iti les avait installés dans une petite chambre, à côté de la cuisine. Ce n'était pas vraiment luxueux, mais les trois amis avaient été heureux de trouver un toit pour la nuit.

Kim se leva sans bruit. Elle mourait de soif et se rendit dans la pièce voisine. Une cruche remplie d'eau froide l'y attendait. Elle but à grandes gorgées et, en reposant le récipient, sentit quelque chose de doux et chaud se frotter contre ses jambes. Elle se pencha et caressa Kija, qui ronronna de joie. La jeune fille se redressa et jeta un coup d'œil autour d'elle. Personne. Iti était certainement déjà parti pour le palais.

À la pensée du jeune homme, elle ne put s'empêcher de sourire. Hier soir, il avait sorti un damier et leur avait expliqué les règles d'un jeu de société ressemblant comme deux gouttes d'eau aux dames. Bien que Kim ait toujours eu une préférence pour les échecs, le trio disputait souvent des parties de dames animées en hiver.

Jusqu'à la veille, Kim pensait être une partenaire assez douée. Julien et Léo n'avaient jamais eu aucune chance contre elle. Mais Iti l'avait battue à plate couture ! Son adversaire déplaçait ses pions à une vitesse vertigineuse, tout en racontant des anecdotes amusantes sur le palais pour détourner l'attention de la jeune fille. Il arrivait que les pièces de l'Égyptien soient en mauvaise posture et pourtant, chaque fois qu'il terminait une histoire, sa situation s'était miraculeusement redressée ! Kim n'avait pas réussi à le prendre en flagrant délit de tricherie. Peu importait, pourvu qu'il continue à parler de la vie à la cour et qu'ils ne jouent pas pour des debens !

Kim sortit de la maison, repéra une fontaine et y remplit la cruche pour ses amis. Elle espérait qu'Iti leur trouverait du travail, car ils ne devaient pas rester plus longtemps que nécessaire chez lui. Il n'y avait qu'à observer sa maison pour comprendre qu'il n'était pas riche. Kim se dit qu'il faudrait absolument lui acheter des fruits, du pain et peut-être aussi de la viande. Ils lui devaient bien ça !

– Et toi, es-tu déjà allée chasser ? As-tu déjeuné ? demanda-t-elle à Kija en entrant dans le couloir.

Le miaulement de la chatte lui indiqua qu'elle était rassasiée. La jeune fille décida de réveiller les garçons.

– Debout, les champions de la ronflette, on n'est pas venus ici pour faire la grasse matinée ! s'écria-t-elle en riant.

Julien ne bougea pas d'un millimètre ; Léo, lui, marmonna quelques gros mots. Toutefois, il ne leur fallut que deux minutes pour sortir du lit.

– Allons faire un tour au palais, proposa Kim. Rappelez-vous, on avait réussi à travailler dans les cuisines d'Hatshepsout ; ici aussi, ils ont peut-être besoin de domestiques. S'ils nous embauchent, on sera sur place pour enquêter sur les circonstances de la mort de Toutankhamon.

Léo et Julien étaient d'accord avec la proposition de leur amie. Ils s'enfoncèrent dans les ruelles de Thèbes et demandèrent leur chemin à un groupe d'enfants. Bientôt, l'agitation du centre-ville fut derrière eux et ils se retrouvèrent au milieu d'un magnifique parc planté de platanes, de saules et de massifs aux couleurs éclatantes. Des ibis se promenaient au bord d'un petit lac. Soudain, le palais apparut derrière la cime des arbres. C'était un bâtiment long et plat dont les murs en brique, recouverts de crépi, étaient ornés de représentations colorées de dieux égyptiens et de symboles animaliers. Des sentinelles, armées de lances, d'arcs et de flèches, se tenaient devant l'impressionnante porte.

– À mon avis, c'est mal parti, fit Julien. Ils ne nous laisseront jamais entrer.

Kim ne baissait pas les bras si facilement.

– On va essayer, lança-t-elle en courant avec insouciance à la rencontre des gardes.

Au même instant, elle remarqua un faucon qui volait en décrivant des cercles au-dessus d'eux. S'agissait-il du rapace qu'ils avaient vu devant le musée et, plus tard, dans la bibliothèque ? Celui qui les avait guidés dans Tempus ? Ils ne savaient pas si l'oiseau avait voyagé dans le temps à leurs côtés. Il s'était dirigé vers la porte, mais qu'avait-il fait ensuite ?

Des éclats de voix retentirent. Kim se tourna vers l'imposant bâtiment dont l'accès venait de s'ouvrir. Des hommes se précipitaient à l'extérieur en poussant des cris. Les enfants se hâtèrent d'approcher pour comprendre quelle était la cause de cette agitation. La foule qui se pressait hors du palais était de plus en plus considérable. Pris dans le chaos général, le trio passa inaperçu.

– Par Osiris, le pharaon est mort ! s'exclama un homme d'un certain âge en plongeant le visage dans le creux de ses mains. Il est mort ! Notre maître divin est mort !

– J'ai le sentiment qu'on se trouve au bon endroit au bon moment ! chuchota Léo, tout excité.

– Que s'est-il passé ? demanda l'un des soldats.

– On a retrouvé le corps de Toutankhamon dans la salle réservée aux bains ! expliqua quelqu'un. Il porte une blessure, il paraît que…

Le reste de la phrase se perdit dans le

tumulte. Une nouvelle vague d'individus apparut et repoussa les enfants.

– Hé ! Regardez ! Iti est là ! s'écria Julien.

Kim et Léo purent constater qu'il disait vrai. Ils se frayèrent un chemin à travers la cohue et rejoignirent le domestique.

– Iti ! lança Julien. Qu'est-il arrivé ?

Une grande tristesse se lisait sur le visage du jeune homme.

– Il est mort…, murmura-t-il. Notre grand et bon souverain n'est plus.

– Oui, on vient de l'apprendre, déclara Julien avec calme. Qu'est-ce qui a causé son décès ?

Iti regarda autour de lui. De la sueur perlait sur son front et sa lèvre inférieure tremblait.

– Je ne peux pas…

Il se tut, jeta un nouveau coup d'œil circulaire et murmura dans un souffle :

– Pas ici… Allons plus loin !

Ils s'écartèrent de quelques mètres. Julien posa la main sur l'épaule de l'Égyptien :

– Je partage ta peine. Cette disparition est un terrible accident !

Iti secoua la tête.

– Tu crois que ce n'en est pas un ? demanda Julien, les sourcils froncés.

C'est tout le corps d'Iti qui tremblait à présent.

– Veux-tu qu'on te ramène à la maison ? proposa Julien.

– Non, non, ça va, balbutia l'Égyptien, hébété, en essuyant une larme. Je savais bien qu'une malédiction pesait sur le pharaon. Hélas, c'est fini maintenant… Il était si jeune !

Consternés, les enfants se turent un instant, puis Julien fit une nouvelle tentative :

– L'un des hommes a prétendu que Toutankhamon est décédé pendant qu'il était aux bains. C'est bien là que tu travailles, n'est-ce pas ?

Iti hocha vivement la tête mais garda le silence, les yeux rivés sur la porte du palais. Un officier tentait de disperser la foule.

– Alors ? insista Julien. C'était un accident, oui ou non ?

Le domestique ferma les yeux et tendit son visage vers le soleil qui, entre-temps, avait conquis le ciel immaculé.

– Je… je ne sais pas, bredouilla-t-il. J'ai

massé le pharaon. Une fois de plus, il avait très mal au dos. Après, il a voulu s'étendre un petit moment sur un lit de repos et m'a renvoyé. Je l'ai laissé seul.

– Et ensuite ?

– Un peu plus tard, je suis allé voir ce qu'il faisait. Il n'avait pas bougé, alors j'ai cru qu'il s'était endormi.

– Quelqu'un a raconté tout à l'heure que le pharaon était blessé, et toi, tu dis qu'il était allongé...

– Blessé ? Non, je ne crois pas. Il était couché sur le lit, je l'ai vu de mes yeux.

– On l'a trouvé mort dans cette position ?

– Oui.

– C'est toi qui l'as découvert ?

Iti répondit par la négative :

– J'étais dans la pièce voisine, en train de mélanger des huiles. Tout à coup, j'ai entendu des cris et je me suis précipité. Quelques personnes entouraient le lit de repos de Toutankhamon, qui était toujours couché.

– Qu'est-ce qui a bien pu se passer ? Tu n'as rien remarqué ? le pressa Julien.

L'Égyptien se détourna. Il semblait terrorisé.

– Si, murmura-t-il. En y réfléchissant bien, j'ai vu quelque chose de bizarre…

– Quoi ? insista Julien.

Alors qu'Iti allait répondre, une voix puissante retentit. L'Égyptien leva les yeux et se figea. Les enfants suivirent son regard et découvrirent un vieil homme de haute stature, vêtu d'un ample vêtement blanc, sur lequel était brodée la silhouette d'une femme coiffée d'une plume : *Maât*, la déesse de la justice.

– C'est Ay, le vizir, leur révéla le domestique, d'un ton respectueux.

D'un seul geste, Ay fit taire la foule.

– Remettez-vous au travail ! ordonna-t-il froidement.

Tous lui obéirent sur-le-champ, à l'exception d'Iti. Le vizir le dévisageait et le jeune homme semblait fondre sous son regard perçant. Au moment où il fit mine de se diriger à son tour vers le palais, Julien l'agrippa :

– Qu'est-ce qui était étrange ? Dis-le-nous vite, s'il te plaît.

– Je… Non, je ne peux pas, hésita le domestique.

– Je t'en prie, qu'est-ce que c'était ?

Les pupilles d'Iti étaient dilatées par la peur. Tétanisé par la vision du vizir qui s'approchait à grands pas, il reprit à la hâte :

– Pendant que j'étais occupé à côté, j'ai entendu un bruit en provenance de la salle où le pharaon se reposait. J'ai regardé dans cette direction et j'ai vu une silhouette sortir de la pièce. Sur le coup, je n'y ai prêté aucune attention, mais maintenant…

– Qui était-ce ?

Iti n'eut pas le temps de répondre : Ay était devant lui.

– Es-tu devenu sourd ? l'invectiva le vizir. Retourne tout de suite à ton travail, sinon je te fais donner le fouet ! Qu'est-ce que tu complotais dans ce coin ?

Iti fit une profonde révérence :

– Rien du tout ! On était en train de… hum… bavarder !

Il s'enfuit l'oreille basse, tel un chien battu. Sans accorder la moindre attention aux trois amis, Ay se détourna et prit la direction du palais, l'air hautain.

– À ce soir ! cria Julien à l'intention d'Iti.

L'Égyptien leur fit un petit signe de tête, à peine esquissé, qui cependant n'échappa pas au regard acéré du vizir.

– Qui pouvait bien être la personne qu'a vue Iti ? se demanda Julien dès qu'Ay se fut éloigné. A-t-elle un rapport avec la mort de Toutankhamon ?

Plongé dans une profonde réflexion, Léo tirait sur le lobe de son oreille :

– J'ai l'impression que notre ami en est convaincu. Il faut vite trouver des informations sur ce mystérieux personnage. Ce soir, loin du vizir, Iti pourra certainement nous en dire plus.

– J'espère qu'on ne l'a pas mis en danger, réfléchit Kim à haute voix. Le vizir semble terroriser notre malheureux Iti, et ce redoutable personnage a sans aucun doute compris que nous allions nous revoir bientôt.

5. Le dieu des forces du mal

Les Thébains étaient sous le choc. La nouvelle de la mort de Toutankhamon s'était propagée comme une traînée de poudre, paralysant totalement la vie quotidienne. Hagards, hommes et femmes erraient dans les rues, incapables de comprendre ce qui leur arrivait.

La peur se mêlait à la tristesse, car la mort d'un pharaon était toujours liée à une période d'incertitude et de danger. Un peuple sans souverain, sans commandement, devenait vulnérable. Les Hittites ou les Nubiens, installés respectivement à l'est et au sud de la vallée du Nil, représentaient une menace constante. Toute la journée, les enfants cherchèrent un emploi, mais ils se heurtèrent à de nombreux refus. En des heures si graves, personne ne pensait au travail. Ils furent tout de même embauchés pour décharger des marchandises d'une barque appartenant à un riche Nubien. On les paya d'un déjeuner frugal composé d'un morceau de pain dur et de quelques fruits trop mûrs. Tous leurs espoirs reposaient à présent sur Iti. À la nuit tombée, épuisés, ils regagnèrent sa petite maison. Léo tapa à la porte :

– Hé, Iti ! C'est nous !

Pas de réponse. Il frappa de nouveau, sans plus de succès.

– Il n'est pas là, constata-t-il, déçu.

Comme ses amis, il était exténué.

– Il est possible qu'il soit encore au palais, soupira-t-il.

– Peut-être fait-il des courses ou une partie de dames ! À condition qu'il ait trouvé un partenaire suffisamment inconscient pour jouer avec lui ! enchérit Kim.

Elle s'assit par terre, le dos contre la porte, et se mit à caresser Kija, qui ne donnait, elle, aucun signe de fatigue. Julien se massa les tempes, comme pour chasser un mal de tête :

– Ce qui est sûr, c'est que le gros Kaaper ne s'y risquera plus. Mais il est possible que…

Il ne finit pas sa phrase. Quelque chose sur la porte venait de capter son attention.

– Qu'y a-t-il ? demanda Léo.

Julien ne répondit pas ; il scrutait le battant. Soudain, il s'écria :

– Regardez ça !

Kim poussa un soupir et se redressa ; Léo s'approcha de Julien. Le garçon était en train de suivre du bout de l'index les contours d'une silhouette dessinée sur le bois.

– Qu'est-ce que c'est que cette drôle de bestiole ? voulut savoir Kim. Tu parles d'une tête, avec ses oreilles carrées et son nez de trois kilomètres !

– Je suis quasiment certain qu'elle n'y était pas ce matin…, observa Léo.

– C'est exact, confirma Julien. Mais ce qui m'inquiète davantage, c'est que cette drôle de bestiole, comme le dit Kim, représente le dieu Seth.

– Seth ? Celui dont Iti parlait hier soir ?

Julien hocha la tête.

– Seth est le dieu du chaos et du mal, rappela-t-il d'une voix sourde.

Kim haussa les épaules :

– Un enfant qui s'ennuyait a peut-être voulu faire une blague idiote et l'a dessiné. Pourquoi es-tu si inquiet, Julien ?

– Parce que je suis sûr qu'il ne s'agit pas d'une plaisanterie ! s'exclama le garçon.

Après avoir vérifié si personne ne l'observait, il donna un coup de pied dans le panneau, qui s'ouvrit sans résistance.

– Tu es fou ! lança Kim avec effroi. Ça ne t'est pas venu à l'esprit qu'il pouvait y avoir quelqu'un à l'intérieur ?

Julien ne releva pas. Il se pencha sur le seuil, les yeux rivés sur de petites taches sombres jonchant le sol. À la lueur blafarde du clair de lune, il s'aperçut qu'elles étaient humides et luisantes. Il trempa le doigt dans l'une d'elles et l'examina attentivement :

– Il n'y a aucun doute..., murmura-t-il. C'est du sang ! Il s'est passé quelque chose de grave ici.

– Pourvu qu'Iti n'ait pas été attaqué ! fit Kim.

Au même moment, Kija se faufila entre ses pieds et se glissa dans la maison.

– Kija ! s'écria la jeune fille. Reviens tout de suite !

Mais la chatte avait disparu dans le couloir.

– Eh bien, il faut y aller maintenant ! s'écria Kim d'un ton résolu.

Julien se tapota le front :

– Tu es folle ! Et si un criminel se cachait dans un coin ?

Pendant un instant, Kim pesa le pour et le contre, puis déclara :

– Kija est à l'intérieur. Il faut que je la récupère. Tant pis si vous ne voulez pas m'accompagner, j'y vais seule.

Léo donna une petite tape à Julien.

– Allez, viens ! On est plus fort à trois..., fit-il pour l'encourager, d'un ton qu'il voulait convaincant.

Les enfants pénétrèrent prudemment dans le couloir. Une faible lumière éclairait la chambre. Ils constatèrent, surpris, qu'une petite lampe à huile était allumée. Iti avait dû quitter la maison en catastrophe sans avoir eu le temps de l'éteindre.

Un miaulement retentit.

– Kija ! cria Kim, soulagée. Enfin, te voilà !

La chatte était assise près de la table, qui avait été renversée. Les chaises gisaient aux quatre coins de la pièce et des éclats d'argile jonchaient le sol.

– On dirait qu'il y a eu de la bagarre ici, en déduisit Léo tout en se passant la main dans les cheveux.

Tout à coup, un léger bruit dans la cuisine le fit sursauter. Instinctivement, il recula de quelques pas et se rapprocha de ses amis.

– C'est… C'était quoi ? bredouilla Julien, paniqué.

– Aucune idée, répondit Léo.

Il aurait donné cher pour pouvoir courir loin d'ici. Une ombre le frôla. Légère et silencieuse, Kija s'était faufilée dans la cuisine sans que Kim ait eu le temps d'esquisser le moindre geste pour la retenir. La jeune fille ferma les

yeux. Pourquoi cette bête se fourrait-elle toujours au cœur du danger ?

Un miaulement féroce retentit, suivi d'un couinement, puis d'un silence tendu. Enfin, la chatte réapparut, un rat coincé dans ses mâchoires. Elle posa fièrement son butin à leurs pieds et retourna dans le couloir. À leur tour, Kim, Julien et Léo jetèrent un coup d'œil dans la cuisine. Elle était vide.

– Il y a encore des traces de sang dans ce coin ! s'écria Julien, qui avait pris la lampe à huile pour inspecter le sol.

Il déglutit :

– Que s'est-il donc passé ici ?

– Tu te le demandes vraiment ? murmura Kim, abasourdie. Il y a du sang partout et Iti n'est pas là… Pourvu qu'il ne soit pas mort ! Ce qui est sûr, c'est qu'il a été attaqué, qu'il s'est défendu, et que ses agresseurs ont fait ce dessin bizarre de Seth. Quant à ce que ça signifie… C'est peut-être un message, ou le signe de ralliement d'une organisation secrète…

– Je ne pense pas qu'Iti soit mort, déclara Léo, en se demandant d'où lui venait cette certitude. Je ne crois pas non plus à l'idée d'une organisation secrète qui aurait préparé l'attaque. Non, à mon avis, ce doit être une histoire de dette de jeu. Connaissant Iti, ça ne m'étonnerait pas. Il faut qu'on se mette à sa recherche dès l'aube.

– OK, approuva Kim. Mais je persiste à dire que sa disparition n'a rien à voir avec le jeu. J'ai le sentiment que le vizir se cache derrière tout ça.

– Ay ? Pourquoi lui ? demanda Julien, sceptique.

– Parce qu'il voulait éviter qu'Iti nous parle, précisa Kim. Notre ami a peut-être été le témoin de quelque chose qu'il n'aurait pas dû voir. Vous ne vous rappelez pas comme il avait peur devant le palais ? Ay a vu que nous nous étions donné rendez-vous… Et il savait que c'était ce soir !

6. Premier soupçon

Le lendemain matin, Kija se chargea de réveiller les enfants. Elle leur donna de petites bourrades avec sa truffe jusqu'à ce qu'ils finissent par abandonner leur natte en jonc.

Ils étaient abattus et ne se faisaient guère d'illusions : retrouver Iti dans une ville aussi grande que Thèbes était quasiment mission impossible…

– Par où commence-t-on ? demanda Julien lorsqu'ils furent dans la rue.

– Pourquoi pas par les voisins ? Ils savent peut-être quelque chose, proposa Léo, tout en levant la main pour protéger ses yeux du soleil aveuglant.

Il frappa à la maison de droite, mais la porte

bascula vers l'avant et s'effondra dans un craquement sonore.

– Génial ! grommela le garçon alors que le nuage de poussière se dissipait. Visiblement, plus personne n'habite ici. Vraiment sympa, ce quartier…

Le bâtiment de gauche semblait vide lui aussi. Cette fois, le battant resta en place lorsque Léo tapa, mais personne ne répondit. Les enfants échangèrent un regard perplexe.

Soudain, un miaulement se fit entendre. Dès que Kija se fut assurée d'avoir capté leur attention, elle se mit en route, la queue dressée vers le ciel.

– On dirait qu'elle veut nous montrer quelque chose ! constata Kim en entraînant les garçons à la suite de l'animal.

La chatte filait dans le dédale de ruelles à si vive allure que les trois amis avaient peine à la suivre. Ils finirent par s'arrêter devant une petite auberge.

– Oh, non ! gémit Léo. C'est là qu'Iti a été pris en flagrant délit de tricherie !

– Attention ! s'écria Julien au même instant.

Il les poussa sans ménagement derrière l'étal d'un marchand de tissus. Kim et Léo ne furent pas longs à comprendre : Kaaper marchait d'un pas lourd en direction de la taverne. Il disparut à l'intérieur. Léo félicita son ami :

– Bien vu ! Je n'ai aucune envie de me retrouver face à ce gros plein de soupe !

– Moi non plus ! s'exclama Kim.

Elle se pencha vers Kija :

– Qu'en penses-tu, ma belle ? Tu crois qu'on devrait entrer pour questionner les clients au sujet d'Iti ?

La chatte leva vers sa maîtresse ses yeux énigmatiques. La jeune fille se frotta le menton :

– Hum, pourquoi pas, après tout ? Iti est un habitué de l'endroit et il y connaît certainement du monde. Quelqu'un saura peut-être où il est passé…

Ils patientèrent une demi-heure. Enfin, Kaaper sortit de l'auberge et prit la direction du Nil. Julien, Kim et Léo en profitèrent pour se risquer hors de leur cachette et entrer à leur tour. Le mobilier de la taverne consistait en quelques tables rustiques et des chaises branlantes, sur lesquelles étaient assis des hommes plutôt âgés. Malgré l'heure matinale, l'établissement était presque plein. Les clients ne prêtèrent pas attention au trio. Certains étaient plongés dans le jeu de société auquel Iti avait initié les enfants. Kim se dirigea droit vers le comptoir, derrière lequel se tenait un homme maigre au crâne d'œuf, qui essayait d'écraser des mouches.

– Bien le bonjour ! lança Kim avec un sourire aimable. Nous sommes à la recherche de notre ami Iti et nous avons entendu dire qu'il venait souvent ici.

Le tavernier interrompit sa chasse aux insectes et leva les yeux vers la jeune fille :

– Iti ? Moi aussi, j'aimerais bien le revoir, celui-là…, bougonna-t-il. Il me doit de l'argent. Hier, il n'a pas payé son *irep*. La dernière fois qu'il est venu, il a dû partir… euh… comme qui dirait : un peu précipitamment !

Kim joua l'innocente :

– Ah oui ? Vraiment ? Nous nous ferons un plaisir de lui transmettre tes salutations une fois que nous l'aurons retrouvé. Je suis sûre qu'il reviendra régler ses dettes dès que possible.

L'homme fronça les sourcils :

– Je ne parierais pas là-dessus ! À propos, quand vous l'aurez sous la main, donnez-lui donc également le bonjour de Kaaper ! Lui aussi le cherche. Il vient de sortir d'ici, vert de colère. Il a un compte à régler avec ce tricheur !

L'aubergiste fit glisser lentement son index le long de sa gorge. Kim eut un sourire forcé :

– Décidément, Iti est un homme très demandé ! Sais-tu où il peut être ?

– Non, aucune idée.

– A-t-il des amis ici ?

– Ça se peut. Il doit bien rester une ou deux personnes qu'il n'a pas encore escroquées au jeu. Elles viennent ici le soir.

Kim insista :

– Et sa famille ? Ses parents habitent Thèbes ?

Le commerçant posa son coude sur le comptoir :

– Tu poses beaucoup de questions, ma jolie, et ça commence à m'agacer. Pour me débarrasser de toi, je vais te répondre une dernière fois : son père habite dans le quartier du port. Et maintenant, vous avez le choix : disparaissez ou bien commandez quelque chose à boire !

Dix minutes à peine s'écoulèrent avant que les enfants n'atteignent le port de Thèbes. Un bateau plat et massif en bois d'acacia, chargé de tonnes de pierres destinées à la construction d'un temple, était à quai. Un scribe, installé avec son pupitre à l'ombre d'un palmier dattier, attendait le client. Kim lui demanda s'il connaissait le père d'Iti. L'homme lui indiqua une imposante maison située juste à côté du débarcadère, où accostaient les bacs qui, plusieurs fois par jour, assuraient la liaison avec l'autre rive du Nil. Là-bas, à l'ouest de la ville, se trouvait la *Nécropole*, la cité des morts.

– Laissez-moi essayer, j'aurai peut-être plus de chance cette fois ! demanda Léo, un petit sourire narquois sur les lèvres, au moment de frapper.

La porte de l'élégante maison s'ouvrit aussitôt, comme si une visite était attendue. Un homme d'une cinquantaine d'années, affichant un visage inquiet, apparut.

– Oh ! fit-il déçu. Je croyais que c'était mon fils.

Il redressa les épaules :

– Que voulez-vous ?

– Nous sommes à la recherche de notre ami Iti, répondit Julien en se glissant devant Léo.

– Vous, des amis d'Iti ? s'exclama l'homme, incrédule. Ça m'étonnerait… Vous êtes bien trop jeunes, mon fils a passé l'âge de jouer avec des gamins !

Il fit mine de repousser le battant.

– Arrêtez ! Un instant, s'il vous plaît ! le stoppa Julien.

Il lui raconta les circonstances de leur rencontre. Au moment où il évoqua ce qu'Iti avait vu au palais le jour de la mort du pharaon, le père du jeune Égyptien l'interrompit.

– Chut ! Moins fort ! murmura-t-il. Il vaut mieux ne pas parler de ça dehors. Entrez !

Les enfants pénétrèrent dans une cour intérieure ombragée, imprégnée d'effluves de plantes.

Le propriétaire des lieux se présenta :

– Je m'appelle Kamose. Je suis médecin et soigne la plupart des maladies grâce aux herbes. J'en cultive quelques-unes ici, dans ce petit jardin. Je vous en prie, asseyez-vous. Je vais demander qu'on vous serve à boire.

Dès que le domestique eut apporté de l'eau et du lait et se fut retiré, Kamose approcha sa chaise des enfants.

– Je suis mort d'inquiétude parce que je n'ai pas de nouvelles de mon fils depuis hier soir, leur confia-t-il. Juste des rumeurs… On l'a sûrement arrêté ! Vous a-t-il dit ce qui s'est passé au palais ?

Julien lui raconta tout ce qu'ils avaient appris.

– On espérait que tu saurais où il se trouve, conclut-il.

– Hélas, je n'en ai pas la moindre idée…, soupira Kamose.

Il se leva et se mit à faire les cent pas dans le jardin.

– Je suis sûr que la disparition d'Iti est liée à la mort de Toutankhamon, s'écria-t-il soudain en serrant les poings. Pas besoin de chercher bien loin le responsable, un seul nom s'impose : celui de ce maudit vizir !

Julien, Kim et Léo se regardèrent à la dérobée : ainsi ils n'étaient pas les seuls à soupçonner Ay…

– Pourquoi lui ? demanda Julien innocemment.

– Ay était déjà vizir lorsque régnait le pharaon Akhenaton. À sa mort, Smenkhka-Rê lui a succédé. Quelques mois plus tard, il a rendu l'âme à son tour et Toutankhamon a pris le pouvoir.

Il eut un rire forcé :

– Enfin, façon de parler ! Toutankhamon n'avait alors que sept ans, c'était un enfant… Il était assis sur le trône, mais n'avait en fait aucun pouvoir ! Ay s'est dévoué corps et âme pour le jeune souverain. Il s'est occupé personnellement de lui apprendre à lire, à écrire, à compter et à chasser. Peu à peu, il s'est rendu maître du pharaon et de son royaume. C'est lui qui, pendant des années, a dirigé le pays dans l'ombre ! Mais Toutankhamon a fini par grandir, prendre de l'assurance et développer ses propres idées. Il est même revenu sur certaines décisions de son mentor. En clair, Toutankhamon voulait prendre en main les affaires de l'État, et l'influence du vizir a commencé à décliner. Le mariage du pharaon a été une menace de plus pour Ay…

Kamose s'arrêta brusquement de marcher et scruta le visage des trois amis avec une telle intensité que Kija, se sentant menacée, fit le dos rond et poussa un feulement.

– Quel aurait été le sort du vizir si Ankhsenamon, la femme de Toutankhamon, avait mis au monde un héritier mâle en bonne santé ? siffla Kamose, les paupières rétrécies en une fente étroite. Ses rêves de toute-puissance auraient été anéantis à tout jamais ! Par le grand Horus, c'est pour cela qu'il a tué Toutankhamon ! Il espère sans doute devenir pharaon lui-même, puisqu'il n'y a pas de successeur au trône ! Désormais il est à la tête du pays. Voilà pourquoi Iti devait disparaître. Il a été très probablement le témoin d'une scène compromettante pour Ay.

Kamose se laissa retomber lourdement sur sa

chaise et plongea le visage entre ses mains pour étouffer ses sanglots.

– Iti est mon fils unique et je l'aime plus que tout. Ma femme est morte l'année dernière, et maintenant c'est lui qui n'est plus là…

Il releva la tête et cria :

– Si Ay touche à un seul des cheveux de mon fils, je jure par Osiris de le tuer !

Kim se leva et entoura de son bras les épaules du médecin.

– Calme-toi ! Nous allons t'aider à le retrouver, fit-elle pour le réconforter.

Kija se faufila jusqu'à lui et se frotta contre ses jambes. Kamose l'installa sur ses genoux pour la caresser :

– Quelle jolie bête ! Quels magnifiques yeux intelligents et pleins de sagesse… On dirait qu'elle comprend ce que nous disons.

En dépit de l'atmosphère tendue, Kim éclata de rire :

– On se le dit souvent, nous aussi… Kija est un animal vraiment fascinant !

La chatte miaula doucement, comme pour confirmer les paroles de sa maîtresse.

– La preuve ! s'écria cette dernière.

Mais elle reprit vite son sérieux :

– Ta théorie paraît très convaincante, Kamose. Toutefois, s'il est vrai qu'Ay a un mobile, il manque la preuve que Toutankhamon a bien été assassiné.

– Et Iti, unique témoin susceptible d'avoir vu quelque chose, a disparu..., compléta Léo. Cette affaire va nous donner du fil à retordre !

Julien se leva à son tour :

– Iti n'est peut-être pas le seul qui puisse savoir ce qui s'est passé au palais hier matin...

Le garçon laissa ces mots produire leur effet. Tous les yeux convergèrent sur lui :

– À qui penses-tu ?

– Toutankhamon va être embaumé, reprit le garçon. Les prêtres qui seront chargés de cette opération se pencheront de très près sur son cadavre et, ainsi, pourront constater s'il porte des blessures ou non !

– Bien vu ! s'écria Kamose. Je n'y avais pas pensé ! L'un des meilleurs embaumeurs de Thèbes s'appelle Kheruef. Il va très certainement s'occuper du corps de notre pharaon !

Julien ne partageait pas complètement l'enthousiasme du médecin.

– Acceptera-t-il de nous recevoir ? fit-il, sceptique.

Les yeux brillants, Kamose s'exclama :

– Mais bien sûr ! C'est un excellent ami d'Iti. En plus, il a toujours vénéré Toutankhamon et détesté ce serpent de vizir !

– Alors, Kheruef est notre homme ! conclut Léo d'un ton décidé. S'il est très proche d'Iti, il saura peut-être ce qui lui est arrivé. Allons-y, ne perdons pas de temps !

7. L'attaque des chacals

En début de soirée, les enfants se postèrent près du temple d'Amon, où les embaumeurs royaux avaient leurs quartiers. Depuis plusieurs heures, ils attendaient Kheruef. Le père d'Iti leur avait décrit le personnage avec précision : un solide jeune homme au nez singulièrement long et pointu.

Kamose ne les avait pas accompagnés parce que les trois amis craignaient que sa participation directe à cette dangereuse enquête ne fasse courir un risque supplémentaire à Iti. En effet, le médecin était très connu à Thèbes, à l'inverse de Kim, Léo et Julien, dont les recherches pour retrouver le prêtre n'éveilleraient probablement aucun soupçon.

Après avoir longtemps hésité, Kamose avait fini par capituler, à condition toutefois qu'ils le tiennent informé au plus vite de toutes leurs découvertes.

Pour le moment, les trois amis faisaient le pied de grue, Kheruef ne semblant pas décidé à se montrer. Julien en profita pour admirer le temple somptueux. Comme il regrettait de ne pouvoir pénétrer à l'intérieur ! Mais seuls les prêtres et le pharaon en avaient le droit. Même vu de l'extérieur, ce gigantesque bâtiment impressionnait le garçon. Il savait, pour l'avoir lu dans ses livres, que le pharaon Aménophis III l'avait fait construire. Tout concourait à faire de ce monument un chef-d'œuvre d'architecture : son pylône entièrement recouvert de motifs religieux, ses harmonieuses pierres polies, ses proportions parfaites. Julien tentait de se représenter les milliers d'ouvriers poussant et tirant des blocs de plusieurs tonnes sur des pentes raides, recouvertes de sable et de cailloux, pour les insérer avec précision à leur place.

Cette merveille avait été conçue pour l'éternité. Comme ses bâtisseurs auraient été heureux d'apprendre que leur œuvre avait survécu triomphalement à plusieurs millénaires…

– Tu veux jouer ?

La question arracha Julien à ses pensées. Il sursauta :

– Pardon ?

– Veux-tu jouer avec nous ? répéta Kim.

Pour tromper leur ennui, Kim et Léo s'étaient souvenus d'une activité qu'organisait régulièrement leur institutrice de maternelle : un jeu de devinettes, commençant toujours par la phrase : « Je vois quelque chose que vous ne voyez pas. » Le but était de découvrir l'objet ou la personne repérés par le meneur.

– Oui, d'accord, acquiesça Julien.

Ils s'amusaient depuis environ une heure lorsque Julien, dont c'était le tour, lâcha d'un ton négligé :

– Je vois quelque chose que vous ne voyez pas : un homme jeune, costaud, avec un nez sacrément pointu !

– Kheruef ? s'écria Kim, tout excitée. Où est-il ?

– Juste là, à l'entrée du bâtiment, fit Julien, avant de s'élancer dans cette direction.

Par crainte d'attirer la curiosité, les enfants n'osèrent pas adresser la parole à Kheruef devant le temple. Ils suivirent de loin le prêtre, qui était vêtu de la traditionnelle peau de léopard des embaumeurs, et attendirent une occasion de l'aborder.

Elle ne tarda pas à se présenter : profitant de l'instant où Kheruef s'engageait sur un chemin étroit longeant le Nil, les trois amis le rattrapèrent.

Alors qu'ils s'apprêtaient à se présenter, un cavalier les dépassa. C'était un soldat, qui les dévisagea d'un air soupçonneux.

Une fois qu'il se fut éloigné, le trio put enfin faire connaissance avec le prêtre.

– Ainsi, vous êtes des amis d'Iti ! s'exclama-t-il en souriant. Avez-vous déjà joué contre lui ?

– Oh oui ! Mais jamais pour des debens ! En fait, nous nous faisons beaucoup de souci à son sujet, révéla Kim.

Pour la deuxième fois de la journée, ils racontèrent l'histoire de la disparition d'Iti.

Une ride profonde creusa le front de Kheruef :

– Cela ne me dit rien qui vaille, murmura-t-il, accablé. Moi non plus, je n'ai pas de nouvelles. Ay l'a probablement jeté en prison.

– Iti a fait allusion à une silhouette suspecte qu'il aurait vue dans la salle des bains, juste avant que l'on constate la mort de Toutankhamon, rapporta Léo. Comme si le décès du pharaon n'était pas le fruit du hasard…

– On nous a dit que tu étais un prêtre embaumeur réputé, enchérit Kim. Et on a pensé que tu avais certainement vu le cadavre, et peut-être…

– Pas un mot de plus ! l'interrompit Kheruef. Suivez-moi !

Il les entraîna sur la rive du fleuve, à l'abri d'une mince haie de roseaux, et inspecta les alentours du regard.

– Ici, nous pourrons discuter tranquillement.

De la sueur perlait sur son front.

– Non, ce n'était pas un hasard ! À mon avis,

c'était un meurtre ! leur asséna-t-il. J'ai dû retirer les organes et le cerveau du corps de mon maître. Lorsque j'ai soulevé le crâne, j'ai vu une blessure au niveau de l'occiput. Je vous le confirme : on a frappé le pharaon par-derrière ! Si jamais quelqu'un de malintentionné m'entend, je ne donne pas cher de ma vie. Et je suis trop jeune pour mourir ! J'ai donc choisi de me taire, même si cela me contrarie fort. Encore une chose : si jamais…

Des martèlements sur le sol, se rapprochant à vive allure, l'interrompirent. Kheruef jeta un coup d'œil terrifié au sentier dont ils venaient de s'écarter. Une voix perçante hurla un ordre et le bruit des sabots s'estompa. Le cavalier venait manifestement de s'arrêter à hauteur du petit groupe. En un éclair, Kheruef poussa les enfants dans les roseaux pour les cacher. Le cœur battant, ils épièrent la scène à travers le rideau de feuillage tandis que l'eau froide du Nil mouillait leurs jambes. Ils aperçurent un soldat qui profitait des dernières lueurs du jour pour examiner le sol, comme s'il cherchait des empreintes. La respiration des trois amis s'arrêta : c'était celui qui les avait doublés alors qu'ils allaient à la rencontre de Kheruef. On lui avait sans doute confié la mission de les retrouver. Il marmonna quelques mots de colère et disparut.

– On a eu chaud ! soupira Kim. Il faut qu'on soit plus prudents à l'avenir !

– Ne perdons pas de temps, filons chez moi ; nous pourrons continuer à discuter là-bas, leur proposa Kheruef.

La nuit était maintenant tombée sur l'Égypte. Le prêtre embaumeur les conduisit à travers des champs de céréales irrigués grâce au Nil. Il habitait une modeste maison située un peu en dehors du centre, dans un quartier où vivaient surtout des paysans et des pêcheurs.

– Nous y sommes, fit Kheruef.

Il paraissait soulagé.

– Cet endroit n'a rien d'exceptionnel, mais je me sens mieux ici qu'en ville, où il y a beaucoup trop de bruit et d'agitation à mon goût. De plus, mon père était pêcheur. C'est ici que j'ai grandi.

– Chut ! intervint Kim. Vous entendez ?

Concentrés, ils tendirent l'oreille ; bientôt, ils perçurent un lointain galop ainsi qu'un hennissement étouffé.

– Un cavalier…, constata Kim dans un souffle.

Elle déglutit. Était-ce l'homme de tout à l'heure ? Était-il encore sur leurs talons ? La jeune fille écouta avec attention les bruits de la nuit. Si elle ne se trompait pas, ils étaient plusieurs. Elle maîtrisa la peur qui était en train de l'assaillir. On aurait même dit tout un bataillon de soldats… Mais ils n'étaient peut-être pas à leur recherche. Ils poursuivaient probablement un autre but. Kim prit dans ses bras Kija, qui semblait mal à l'aise : son corps était crispé et sa queue fouettait l'air avec nervosité.

– Venez ! leur ordonna Kheruef en avançant.

Kim le suivit, aux aguets. Le prêtre arriva devant la maison et ouvrit la porte, mais, au même instant, la jeune fille remarqua, juste à côté du battant, un dessin tout frais représentant Seth.

– Attention ! cria-t-elle.

Kheruef se retourna en sursautant :

– Qu'est-ce qui te prend ?

D'un doigt tremblant, elle désigna le mur. Kheruef ouvrit la bouche, mais n'eut pas le temps de prononcer une parole : le sol trembla et des gardes affluèrent de toutes parts.

– C'est un piège ! Vite, fuyons ! hurla Kim dans la nuit.

Elle détala, tandis que Kija sauta de ses bras et fila. Soudain, la jeune fille se retrouva face à un immense cheval, qui se mit à piaffer. Elle leva les yeux et eut le souffle coupé : le cavalier portait un masque de chacal.

« *Anubis*, le dieu des morts ! » pensa Kim avec effroi.

Le soldat banda son arc, et Kim entendit le sifflement mortel du projectile. Vive comme l'éclair, elle se jeta à terre. Kija feula et bondit dans un buisson. La jeune fille resta allongée dans la poussière, paralysée. La flèche se ficha dans le sol, à quelques millimètres seulement de sa tête. D'un saut élégant, le cheval l'évita et s'éloigna.

– Par ici ! entendit-elle tout à coup.

Léo et Julien s'étaient réfugiés derrière le large tronc d'un palmier. Kim se releva. Elle savait qu'elle n'aurait pas de deuxième chance et, en un clin d'œil, elle rejoignit les garçons.

– Où est Kheruef ? demanda-t-elle, hors d'haleine.

Pas de réponse. Soudain, elle l'aperçut. Le prêtre se tenait devant sa maison ; il était encerclé par les cavaliers, qui avaient tous dissimulé leur visage sous un masque de chacal. De furieux éclats de voix retentissaient.

– On doit l'aider ! Il faut qu'on détourne leur attention ! cria Kim en s'élançant.

Au même instant, plusieurs hommes descendirent de cheval, empoignèrent Kheruef, le ligotèrent, l'installèrent sur l'une de leurs montures et l'emportèrent sans plus attendre.

– Détachez-le, bande de lâches ! rugit Kim, sous l'emprise de la colère.

Les soldats se retournèrent et empoignèrent leurs armes. Léo donna une bourrade à son amie, la faisant basculer à terre.

– Si tu tiens à la vie, prends tes jambes à ton cou ! la supplia-t-il.

Kim se releva aussitôt, et les trois amis et Kija s'enfoncèrent dans le champ de céréales, là où personne ne pourrait les retrouver.

8. Le cachot

Blottis les uns contre les autres, Léo, Kim et Julien attendaient. Ils se sentaient pris dans un jeu funeste dont seul Seth, le dieu des forces du mal, connaissait les règles. Ils avaient rarement eu si peur. De longues minutes d'angoisse s'écoulèrent, jusqu'à ce qu'enfin les voix se furent tues. Ils se risquèrent alors à sortir du champ.

– Ils vont revenir, déclara Julien, l'air sombre. Ils nous pourchasseront et essaieront de nous tuer. Et si on rentrait à Siebenhann ?

– Surtout pas ! protesta Léo. Pas après ce qui s'est passé... On doit mettre les meurtriers de Toutankhamon hors d'état de nuire, et découvrir ce qui est arrivé à Kheruef et Iti !

Julien acquiesça en tremblant, mais en son for intérieur il était très partagé. D'un côté, leur départ lui apparaissait comme une fuite lâche, mais, de l'autre, il savait qu'ils avaient affaire cette fois à des hommes sans scrupules, qui n'hésiteraient pas une seconde à les éliminer.

– Il ne nous reste plus qu'une seule cachette possible : chez Kamose, murmura le garçon. Après tout, on lui a promis de l'informer de tous nos faits et gestes.

Une demi-heure plus tard, ils atteignirent l'élégante maison du médecin, qui mit un moment à leur ouvrir. Très inquiet, Kamose écouta attentivement le résumé de la situation.

– Vous êtes en grand danger, leur dit-il, lorsqu'ils eurent terminé leur récit. Vous pouvez loger ici, je ferai en sorte qu'il ne vous arrive rien de fâcheux. Moi aussi, j'ai des nouvelles ; par chance, elles sont meilleures que les vôtres. Il semblerait qu'Iti soit vivant !

– Où est-il ? demandèrent les enfants d'une seule voix.

– En allant au marché en fin d'après-midi, j'ai entendu dire qu'Iti avait peut-être été enfermé dans la prison du palais.

– Mais tu n'en es pas sûr ? interrogea Julien.

– Hélas, non…, reconnut Kamose.

– Il faut qu'on vérifie cette information, s'écria Kim. Et le plus tôt sera le mieux !

Kamose eut un geste de protestation :

– Vous n'avez tout de même pas l'intention de vous introduire dans la prison en pleine nuit ?

Kim sourit :

– Pourquoi pas ? Cette incertitude est la pire des tortures, surtout pour toi, non ?

Le médecin soupira :

– Bien sûr que oui ! Mais j'admire votre courage : c'est très risqué de parcourir les rues de Thèbes la nuit.

– Nous sommes quatre, le rassura Kim.

Elle jeta un petit coup d'œil à la chatte et compléta :

– Enfin, cinq ! Il ne nous arrivera rien ; nous devons vraiment tenter l'impossible pour libérer Iti. Alors, il pourra peut-être nous en dire plus à propos de cette curieuse silhouette aperçue sur les lieux du crime.

Convaincu, Kamose serra les poings :

– Tu as raison, par Hathor ! Allons-y !

Kamose et les enfants traversèrent rapidement la ville endormie. Kim avait vu juste : personne ne leur barra la route, à l'exception d'un ivrogne qui leur demanda la direction du Nil. Il voulait se jeter dans l'eau froide du fleuve pour s'éclaircir les idées.

– Gare aux crocodiles ! l'avertit Kamose. Ils risqueraient fort de les croquer, tes idées !

L'homme sembla trouver cette mise en garde désopilante, car il tourna les talons en gloussant.

Ils atteignirent enfin la prison, un discret bâtiment plat et sombre, situé à l'autre bout du palais. Le cachot n'avait qu'une seule entrée, gardée par une sentinelle armée d'une lance.

Alors que Kamose et les garçons en étaient encore à échafauder des plans, Kim s'approcha du soldat.

– Pas beaucoup d'animation dans le coin,

pas vrai ? lança-t-elle, mine de rien, en lui décochant son plus beau sourire.

Le garde haussa les épaules :

– Ouais, c'est vrai. Mais le boulot est tranquille, et j'aime bien travailler la nuit. La seule chose qui me manque, c'est à boire. Ce n'est pas normal qu'il fasse si chaud, ce soir… Et moi qui ne peux pas quitter mon poste ! Qu'est-ce que tu fabriques dehors si tard ? Tu devrais être rentrée chez toi, à cette heure !

À cet instant, Kamose et les garçons apparurent.

– Tout va bien, fit le médecin. La petite est avec moi. Dis-moi, connais-tu le nom des prisonniers qui sont enfermés là-dedans ?

– Bien sûr. Il n'y en a pas tant que ça !

Kamose s'approcha tout près de son interlocuteur.

– Nous cherchons un jeune homme, souffla-t-il. On veut savoir s'il est ici.

– Je n'ai pas le droit de livrer le nom des détenus, répliqua sèchement le soldat. Revenez demain et adressez-vous au vizir !

Le médecin poussa un léger soupir et plongea la main sous sa cape ; lorsqu'il la ressortit, quelque chose brilla au clair de lune.

– Ceci aidera peut-être ta langue à se délier !

La sentinelle jeta un coup d'œil furtif aux debens et murmura, radouci :

– Dans ce cas, c'est différent...

– Celui que nous voulons retrouver s'appelle Iti. Fait-il partie des détenus ? interrogea Kamose.

– Iti ? Laisse-moi réfléchir... Hum, ce nom ne m'est pas étranger, mais...

– Très bien, j'ai compris ! l'interrompit le médecin rageusement.

Il lui donna quelques debens de plus, et le visage de la sentinelle s'illumina :

– Mais oui, ça me revient ! Le type qu'on a bouclé hier soir s'appelle Iti. Hier ou avant-hier ? Je ne me rappelle plus le jour exact, mais ce qui est sûr, c'est qu'Iti est bien ici.

– Es-tu certain qu'il est vivant ?

– Oui... enfin, pour l'instant...

– Qu'est-ce que tu veux dire ? demanda Kamose, d'un ton cassant.

– Iti va mourir demain, il a été condamné à mort.

– Voyons, ce n'est pas possible ! s'emporta le médecin.

On sentait le désespoir vibrer dans sa voix :

– Mon fils n'a rien fait de mal !

– Ah, c'est ton fils. Voilà la vraie raison de cette agitation, constata le vigile avec calme. Tous les prisonniers prétendent qu'ils sont innocents…

Julien s'immisça dans la conversation :

– Que lui reproche-t-on, au juste ?

– Trahison, lâcha l'homme, l'air dégagé. Elle est toujours punie de la peine de mort.

– Qui a prononcé le jugement ? voulut savoir Julien. Était-ce Ay ?

Le garde secoua la tête, puis un sourire narquois fendit ses lèvres :

– Je ne sais pas.

Kamose se jeta sur lui, l'attrapa par les épaules et se mit à le secouer :

– Je n'en crois pas un mot ! Tout ce que tu veux, chacal, c'est plus de debens !

Le soldat se dégagea brutalement et braqua son arme sur le médecin :

– Ne m'approche pas ! rugit-il. Si tu me

touches, je te jette au cachot, toi aussi !

Les enfants éloignèrent Kamose.

– Calme-toi, le supplia Kim. Ça ne sert à rien de s'énerver. Le plus important, c'est de savoir qu'Iti est vivant.

L'Égyptien leva vers la jeune fille des yeux pleins de larmes :

– Oui, mais dans quelques heures il sera mort.

Kim se tut, accablée. Il fallait échafauder un plan, et vite… Mais lequel ? Du regard, elle chercha de l'aide auprès des garçons. Léo, plongé dans une profonde réflexion, tirait sur le lobe de son oreille.

– Il faut qu'on aille chercher Iti dans la prison, lâcha-t-il enfin.

– Explique-moi, s'il te plaît, comment on va entrer au nez et à la barbe du gardien ? demanda Julien.

Léo claqua des doigts :

– J'ai une idée !

9. Opération commando

– Comment comptes-tu t'y prendre ? le pressa Kamose.

– Le garde nous a dit qu'il avait soif…, souffla Léo.

– Et alors ? fit Julien.

– Laisse-moi le temps de vous expliquer ! s'écria Léo. Il faut juste qu'on l'aide à se désaltérer… avec un petit cocktail maison ! Dis-moi, Kamose, les plantes n'ont aucun secret pour toi, n'est-ce pas ?

Le médecin hocha la tête.

– Serais-tu capable de préparer un somnifère efficace ? poursuivit Léo.

Le visage de Kamose s'éclaira :

– Je vois où tu veux en venir…

Ils rejoignirent à toutes jambes la maison du médecin. Kamose broya quelques plantes dans un mortier, puis les mélangea avec du vin. Tout en observant les gestes précis du médecin, Kim et Julien écoutèrent Léo leur dévoiler les détails de son plan.

– Dès que la sentinelle sera endormie, Kamose et moi nous glisserons à l'intérieur pour aller chercher Iti.

– Je veux venir avec vous ! protesta Kim.

– Non, ce n'est pas une bonne idée ! refusa Léo. Tu surveilleras les alentours de la prison avec Julien. Vous nous préviendrez en sifflant si quelqu'un approche.

Kim n'était pas totalement convaincue par le plan de son ami :

– Tu sais, le type à l'entrée n'est certainement pas le seul à garder la prison, il y aura des soldats à l'intérieur, c'est sûr !

Léo fronça les sourcils :

– Tu as peut-être raison. C'est pour ça qu'on doit être très prudents. D'une façon ou d'une autre, il faudra qu'on arrive à déjouer la surveillance des autres gardiens.

– Et comment comptes-tu t'y prendre ? Tout ça me paraît très risqué…, estima Kim.

– Oui, je sais, admit Léo. Mais j'ai bien peur qu'il faille tout de même tenter le coup. C'est la seule chance qu'Iti survive à la journée de demain.

– Je suis de la partie ! s'exclama Kamose d'un ton décidé, en secouant un pot en argile. Ce breuvage pourrait assommer un bœuf !

– Ne perdons pas de temps, en route pour la prison, lança Léo.

Le gardien se tenait toujours au même endroit et contemplait le ciel étoilé.

– Encore vous ! grogna-t-il en apercevant le petit groupe. Vous n'allez pas recommencer à me taper sur les nerfs !

Kim lui sourit aimablement :

– Tu as toujours soif ?

Le soldat hocha la tête :

– Bien sûr, je n'ai pas pu bouger d'ici !

Kamose lui tendit la cruche :

– Je suis désolé d'avoir perdu mon sang-froid tout à l'heure. Pour me faire pardonner, je t'ai apporté à boire.

L'homme éclata d'un rire enroué :

– Vraiment ? Et qui me dit qu'il n'y a pas de poison, là-dedans?

– Du poison ? s'exclama Kamose, feignant l'indignation. Quelle drôle d'idée, par Amon !

– On ne nous aime pas, nous, les gardiens de prison, fit le soldat. Ce ne serait pas la première fois qu'on essaierait de se venger à nos dépens. Comme si nous étions responsables de la sentence, alors que notre rôle se borne à être en faction !

– C'est sûr, tu ne fais que ton devoir, se hâta de reconnaître le médecin.

– Bois le premier ! lui ordonna le garde en le défiant du regard.

La gorge de Léo se noua. C'était fini ! Son plan était anéanti. Kamose hésitait ; le broc tremblait dans sa main.

Le vigile revint à la charge :

– Eh bien, il y a un problème ?

– Mais non, aucun ! répondit le médecin.

Il se détourna légèrement et porta le pot à ses lèvres. Léo se retint de le lui arracher des mains. Puis, soudain, il comprit que Kamose n'avalait pas le liquide ! Il le laissait discrètement couler sur son menton, puis le long de son cou, et enfin sous sa chemise. Le père d'Iti s'essuya la bouche et tendit la boisson au garde.

– Merci ! fit ce dernier avec une petite grimace. Excuse ma méfiance, mais on n'est jamais trop prudent !

– Tu as bien raison ! acquiesça Kamose, tout en constatant avec plaisir que son interlocuteur ingurgitait le vin avidement.

– Ça fait du bien de boire un coup ! conclut l'homme.

Kamose reprit le récipient et ricana :

– Un sacré bon coup, tu veux dire ! Excuse-nous, mais on doit partir maintenant.

La sentinelle haussa les épaules et les regarda disparaître dans l'obscurité.

Les enfants et Kamose se cachèrent derrière un mur et observèrent la scène de loin. Le somnifère agit plus rapidement que prévu : le gardien bâilla, puis s'assit et s'adossa au mur.

Quelques secondes plus tard, sa tête bascula en avant : il était profondément endormi.

Léo fit signe à Kamose et ils filèrent vers la porte, Kija sur leurs talons.

– Elle doit rester ici, murmura le médecin. On ne pourra pas la surveiller !

– Laisse-la faire, répliqua Léo. On n'aura pas besoin de s'occuper d'elle, c'est elle qui prendra soin de nous !

Le médecin ne comprit pas ce que Léo voulait dire, mais le temps pressait. En grommelant, il aida Léo à transporter leur victime sous le porche, de façon qu'il ne soit pas visible de la rue. Puis ils unirent leurs forces et firent glisser sur le côté la lourde barre qui bloquait la porte. Ils poussèrent le battant et s'introduisirent dans un couloir, éclairé faiblement par une petite lampe à huile. Kija les avait précédés. Les oreilles dressées et les muscles contractés, elle ressemblait à un détecteur ultrasensible, prêt à capter le moindre bruit ou le mouvement le plus fugace.

Léo et Kamose se faufilèrent derrière elle, en s'efforçant d'être parfaitement silencieux. Une articulation de Léo craqua : comme il se sentait lourd et maladroit, comparé à Kija !

Soudain, la chatte s'arrêta. Il s'en fallut de peu que Léo ne tombât sur le médecin qui avait pilé net, lui aussi. Kija était immobile ; sa queue fouettait l'air sans bruit. De la sueur coulait sur le front de Léo. Il ferma les yeux et tenta de percevoir un bruit éventuel. Il finit par entendre des voix, manifestement assez lointaines.

Le garçon ouvrit les paupières et s'accroupit à côté de Kija. Il la caressa d'une main réconfortante et lui fit un signe de connivence. Puis, marchant en tête, il s'enfonça sur la pointe des pieds au cœur de la prison, suivi par le médecin et la chatte. Petit à petit, la lumière augmentait et les paroles devenaient intelligibles. Le couloir tournait à droite et, avant de s'engager, Léo jeta un coup d'œil à l'angle. Deux gardes étaient assis près d'une lampe à huile et jouaient aux dés. Tout à coup, les battements du cœur de Léo s'accélérèrent : dans l'une des cellules, il aperçut une silhouette repliée sur elle-même. C'était Iti !

Léo se mordilla nerveusement la lèvre. Kim avait raison : d'autres soldats étaient présents sur les lieux. Il aurait dû s'y attendre. Comment passer devant eux ? « Mission impossible », pensa Léo, qui transpirait de plus en plus.

« Que fait-on à présent ? » lut-il dans le regard interrogateur de Kamose.

« Quelle barbe ! songea Léo, en constatant qu'il n'avait pas suffisamment planifié les choses. Il doit bien y avoir une solution, tout de même ! Si nous ne tentons rien, Iti n'a plus que quelques heures à vivre… »

Au même moment, Kija s'avança et bondit entre les gardes, qui se levèrent en sursaut.

– D'où sort-il, ce chat ? hurla l'un des deux.

– T'inquiète ! répondit l'autre avec un éclat de rire menaçant. On va lui faire sa fête !

Et il se jeta sur Kija. Léo assistait, effaré, à la tentative de capture de la chatte. Il s'aperçut vite qu'elle était beaucoup trop agile pour ses agresseurs. Chaque fois que leurs grosses mains tentaient de l'enserrer, elle leur filait entre les doigts. Elle finit par foncer dans une cellule vide restée ouverte.

– Fini de jouer maintenant, on va te régler ton compte ! se réjouirent les soldats en se précipitant dans le cachot.

À cet instant, Léo eut un déclic : il bondit sur la porte et la ferma. Il tira le verrou avant que les deux hommes n'aient eu le temps de dire ouf.

– Qu'est-ce qui te prend ? rugirent-ils. Qu'est-ce que tu fabriques ici ?

Kija se faufila entre les barreaux et vint se frotter contre les jambes de Léo.

– Bien joué, ma jolie ! Il n'y a aucun doute : tu es la chatte la plus intelligente de la Terre entière ! la complimenta le garçon. Sans toi, on serait encore dans un beau pétrin !

Les gardes cognaient avec force contre la grille en bois :

– Hé, petit, ouvre, bon sang !

Léo leur fit un signe négatif de l'index et se dirigea vers la cellule d'Iti. Kamose en avait déjà débloqué l'issue, et le père et le fils s'étreignaient en silence.

– Il faut se dépêcher, fit Léo. Ces deux affreux font tellement de bruit qu'on va bien finir par les entendre dehors.

– Merci… mille fois merci ! bredouilla Iti, bouleversé, en serrant la main du garçon.

– C'est elle qu'il faut remercier ! répliqua-t-il en désignant la chatte. L'idée de génie, c'est elle qui l'a eue…

Sur ces mots, ils se hâtèrent de quitter la prison.

10. Trahison

Une atmosphère joyeuse régnait dans la salle à manger de Kamose, où des mets raffinés avaient été servis. Du vin sucré pétillait dans les gobelets d'Iti et de son père, et les trois amis reprenaient des forces en buvant du lait de chèvre froid. La nuit était déjà bien avancée, et pourtant personne n'était fatigué. Kim et Julien ne se lassaient pas d'entendre Léo raconter comment Kija avait berné les gardes.

Soudain, Kamose redevint sérieux :

– À présent, explique-nous, Iti : que s'est-il passé chez toi ? Qui t'a emprisonné ? Et surtout que te reproche-t-on ?

Le jeune Égyptien fit la grimace :

– Je ne sais pas, père. Des hommes armés ont fait irruption dans la maison. Sans un mot, ils m'ont maîtrisé, puis emmené.

– Ont-ils parlé de qui les avait envoyés ?

– Non, ils sont restés muets ! Ils m'ont conduit à la prison et jeté dans une cellule. C'est là seulement que j'ai appris ma condamnation pour trahison. Trahison ! N'importe quoi... Jamais je n'aurais pu commettre un tel crime !

Kamose posa une main sur le bras de son fils :

– Je te crois. Je sais que tu es parfaitement innocent. Je n'en dirais pas autant d'Ay. Je suis sûr qu'il se cache derrière tout ça...

Iti hocha la tête :

– C'est aussi mon avis.

Kamose regarda son fils droit dans les yeux :

– Nous avons une très mauvaise nouvelle à t'annoncer : ton ami Kheruef a été arrêté ce soir...

Stupéfait, Iti prononça quelques mots inaudibles.

– Je suis désolé, reprit le médecin à voix

basse. Le seul tort de Kheruef est d'avoir discuté avec nos trois amis !

– Mais… mais, enfin, ce n'est pas une raison valable pour s'en prendre à lui, ça n'a pas de sens ! bredouilla Iti.

– Oh si ! fit Léo. Kheruef nous a révélé que le cadavre de Toutankhamon portait une blessure à la nuque ! Comme toi, il en a conclu que la mort du pharaon n'est pas due à un accident, mais bel et bien… à un assassinat !

– Tu voulais nous parler de cette curieuse silhouette que tu as vue dans la salle des bains, rappela Kim.

– Oui, c'est vrai…, reconnut Iti.

Il était clair qu'il avait du mal à reprendre ses esprits.

– Cette personne… n'était vraiment pas ordinaire. Elle avait de longs cheveux…

– Il s'agirait donc d'une femme ? l'interrompit Julien, surpris.

– Oui, peut-être, reprit Iti. Mais ce n'est pas sûr. Il y a beaucoup d'hommes qui portent des perruques.

Julien hocha la tête d'un air entendu. Les

livres d'histoire lui avaient appris que les postiches étaient très à la mode chez les Égyptiens, surtout les jours de banquet.

Il revint à la charge :

– Donc, tu n'as pas vu son visage ?

– Hélas, non, lui confirma Iti. L'individu me tournait le dos, et j'étais assez loin : devant la porte, dans la pièce voisine. La seule chose que j'ai remarquée, c'est qu'il tenait dans ses mains un vase d'huile parfumée.

– De l'huile parfumée ?

– Oui, on s'en sert pour les soins du corps. Ça n'a rien d'exceptionnel, c'est pourquoi je n'ai pas réagi en le voyant dans cette pièce. De plus, les domestiques sont nombreux au palais : impossible de les identifier de dos. Notre pharaon était allongé sur son lit de repos, les paupières closes, comme s'il dormait. Tout semblait normal et paisible. Ce n'est que lorsque j'ai appris la mort de Toutankhamon que j'ai soudain eu des doutes sur le rôle joué par l'inconnu au vase.

– C'était peut-être le meurtrier, ou la meurtrière ; il a dû utiliser le récipient pour frapper le pharaon, réfléchit Kim à haute voix.

Soudain, elle se souvint avec précision d'un objet vu lors de l'exposition sur Toutankhamon : il s'agissait d'un vase, particulièrement représentatif de l'art égyptien, haut d'une cinquantaine de centimètres et décoré de la tête de la déesse Hathor. Il aurait été facile de s'en servir pour défoncer le crâne de quelqu'un. Kim frissonna à la pensée que cet objet, trouvé parmi les trésors de la tombe du pharaon, était peut-être l'arme du crime…

– Excusez-moi de vous interrompre, lança Julien. Mais j'ai peur qu'Iti ne soit plus en sécurité chez son père. À cette heure, les gardes enfermés dans le cachot ont dû réussir à donner l'alerte, et le soldat endormi est certainement réveillé. Ils sont sur tes traces, Iti, c'est sûr. Dans peu de temps, ils seront ici.

La mine de Kamose s'assombrit :

– Tu as raison. Mais tes amis et toi êtes aussi en grand danger : ils vont vous traquer. Nous ferions mieux de tous nous cacher. Le plus prudent est d'aller chez mon frère. Il habite un peu plus loin, en aval du Nil. Je suis certain qu'il ne refusera pas de nous aider. Rassemblons quelques affaires et filons au plus vite ! On discutera de la suite chez lui.

Une demi-heure plus tard, ils étaient prêts à quitter la maison. Mais, au moment où ils partaient, des coups violents retentirent contre la porte.

– Les... les gardes... Est-ce que ce sont eux, père ? bredouilla Iti.

– Je ne sais pas, souffla Kamose.

La peur faisait trembler sa voix. On tambourina de nouveau avec force. Le médecin saisit la poignée.

– Ne fais pas ça ! le mit en garde Iti.

Kamose ne tint pas compte de l'avertissement et ouvrit d'un geste brusque. Il poussa un cri et recula de quelques pas.

Huit cavaliers encerclaient l'entrée de la maison. Tous portaient des masques de chacal éclairés par les flammes d'une statue en bois à l'effigie de Seth, le dieu des forces du mal, qui se consumait au bout d'une perche dirigée vers le ciel. Un silence inquiétant régnait, troublé seulement par le crépitement du feu. Soudain, une silhouette se glissa dans la maison voisine.

– Je t'ai reconnu, Chui ! s'écria Kamose. Espèce de traître, combien t'a-t-on payé pour nous dénoncer ?

– Il faut fuir par le toit, vite ! murmura Léo.

Le garçon avait été le premier à récupérer de sa frayeur. Avec une remarquable présence d'esprit, il claqua la porte et la bloqua à l'aide d'une lourde barre. La voix du médecin retentit dans le couloir :

– Fuir, moi ? Jamais de la vie ! Je reste chez moi.

– Ne sois pas stupide, viens avec nous ! s'écria Iti en le tirant par sa chemise. C'est trop risqué de rester ici. Ils ne vont pas tarder à enfoncer la porte !

Kamose hésitait. De violentes secousses ébranlaient le battant en bois. Iti laissa échapper un juron et courut rejoindre les enfants.

– Comment accède-t-on au toit ? demanda Léo.

– Par ici, fit Iti en courant jusqu'à un escalier.

Il s'arrêta et supplia son père une dernière fois :

– Je t'en prie, viens !

– J'arrive..., répondit le médecin.

Soulagés, Iti et les trois amis gravirent les marches quatre à quatre. Tout à coup, des bruits de bagarre et de meubles brisés parvinrent jusqu'à eux.

– Oh, non ! Ils ont attrapé mon père ! Je dois redescendre, s'écria Iti.

Les enfants eurent toutes les peines du monde à le retenir.

– S'ils nous capturent, on ne lui sera plus d'aucun secours ! plaida Léo. Il faut déguerpir d'ici. Après, on l'aidera, comme on l'a fait pour toi !

Iti obéit à contrecœur. Les yeux embués de larmes, il traversa le toit-terrasse en courant, les enfants et la chatte sur les talons. Dès qu'ils atteignirent l'arête, d'un large bond, Iti sauta sur la maison voisine. Léo, Kim et Kija l'imitèrent et le rejoignirent, sains et saufs.

– Je ne vais jamais y arriver, geignit Julien. C'est... c'est beaucoup trop éloigné !

Les jambes flageolantes, il se tenait tout au bord du toit et contemplait le vide.

– Arrête de regarder en bas ! hurla Léo. Prends de l'élan et saute !

Julien fixait ses amis d'un air désespéré, comme s'il était paralysé.

C'est alors que deux individus portant des masques d'Anubis débouchèrent de l'escalier et se précipitèrent dans sa direction.

– Retourne-toi ! cria Kim.

Puis elle ajouta dans un souffle :

– En espérant que cette vision te donnera des ailes…

Son souhait se réalisa : pris de panique, Julien fit le plus grand bond de toute son existence et atterrit juste à l'angle du toit voisin, à quelques enjambées de ses amis. Pendant un court instant, il oscilla, comme un funambule à la recherche de son équilibre, mais Léo se jeta sur lui, l'attrapa par les bras, et le tira en avant pour l'empêcher de basculer. Déséquilibrés, les deux garçons s'effondrèrent l'un sur l'autre.

Soudain, la voix d'Iti retentit :

– Attention !

Il brandissait une longue latte de bois qu'il avait trouvée un peu plus loin et en asséna un coup sec sur les deux hommes masqués qui venaient de sauter à leur tour. Ils trébuchèrent et tombèrent dans l'abîme en hurlant.

– Bien joué ! lâcha Kim. Mais les autres ne vont pas tarder !

Iti jeta la planche et reprit sa course. Avec une assurance stupéfiante, il conduisit ses amis de toit en toit, et il ne leur fallut que quelques minutes pour semer leurs poursuivants. Visiblement, Iti connaissait le coin comme sa poche ; les enfants le soupçonnèrent d'avoir déjà emprunté cet itinéraire. Ses tricheries à répétition étaient sans doute à l'origine de cette incroyable aisance !

Quelques instants plus tard, Julien, Kim et Léo eurent la surprise de se retrouver à leur point de départ.

– Te serais-tu… perdu ? demanda Léo, hors d'haleine.

– Pas du tout ! le rassura Iti, en rampant jusqu'à l'arête pour observer la rue. Je veux savoir ce qu'ils ont fait de mon père. Regardez, les chevaux sont encore devant la porte !

Allongés côte à côte, les cinq amis scrutaient la scène. Les individus masqués sortirent. Kamose avait été ligoté. Il fut hissé sur l'une des montures et le groupe s'éloigna tranquillement, comme si les envoyés d'Anubis étaient certains que personne ne viendrait leur barrer la route.

– Les fumiers ! chuchota Iti. Ils vont certainement le jeter en prison, lui aussi.

– Au moins, il n'a pas l'air blessé, constata Kim.

Songeuse, elle caressait la chatte du bout des doigts, lorsque soudain Kija se leva et se mit à fouetter l'air de sa queue.

– Hé, que t'arrive-t-il ? murmura la jeune fille, la curiosité en éveil.

Le félin se tourna vers elle et miaula doucement, ses yeux immenses reflétant une vigilance de tous les instants. Le message était on ne peut plus clair : elle voulait qu'on la suive…

11. Le message secret

Kija, accompagnée de Julien, Léo, Kim et Iti, s'engagea sur la route que venaient d'emprunter les effrayants cavaliers à tête d'Anubis. Elle se glissait adroitement d'une maison à l'autre, tout en ayant soin de se tenir à une distance suffisante des soldats. Grâce à l'habileté de la chatte, le petit groupe put rester proche sans se faire repérer. Dissimulés derrière une charrette en bois, les enfants comprirent bientôt que, contrairement à ce qu'ils pensaient, Kamose n'était pas conduit en prison, mais au palais.

– Qu'est-ce qu'ils fabriquent ? s'étonna Léo.

– C'est pourtant simple, murmura Julien.

Ils vont livrer Kamose à celui qui tire les ficelles de toute cette histoire : Ay, le vizir !

Les individus masqués avaient atteint l'entrée du palais, éclairée par une multitude de flambeaux. Un cavalier, probablement le chef, sauta de sa monture et se dirigea vers une sentinelle, avec laquelle il échangea quelques mots inaudibles. Le garde disparut ensuite à l'intérieur et de longues minutes s'écoulèrent. Encadré par ses ravisseurs, Kamose avait le regard perdu dans les étoiles, qui bientôt céderaient la place aux premières lueurs du jour. Il se tenait très droit, montrant ainsi que le courage ne l'avait pas abandonné.

– S'ils osent toucher à un seul de ses cheveux, je les tue ! jura Iti avec colère.

– Kamose a employé les mêmes mots quand on t'a enlevé…, se rappela Julien. On t'a libéré, et maintenant on va libérer ton père. Tu dois y croire, dur comme fer !

Iti hocha la tête.

Au même instant, le gardien sortit du palais. Il n'était pas seul : une silhouette gracile, flanquée de deux domestiques, l'accompagnait.

Iti en resta bouche bée.

– Mais… mais c'est Ankhsenamon ! bredouilla-t-il, stupéfait.

La jeune femme s'avança. La lumière des torches mettait en valeur son beau visage aux traits harmonieux. La veuve de Toutankhamon portait une étroite robe émeraude. Des anneaux d'or enserraient le haut de ses bras et des pierres précieuses, parsemées dans ses cheveux noirs aux reflets bleus, lançaient des éclats. Les lanières de ses élégantes chaussures étaient également ornées de joyaux étincelants.

Sa voix résonna haut et fort dans l'obscurité :

– Voici donc Kamose, le grand médecin… J'aurais préféré que l'on mette la main sur ton fils. Mais tu vas vite nous révéler où il se cache !

– Non ! répondit fermement Kamose. Jamais je ne ferai une chose pareille.

– Comment oses-tu désobéir à ta souveraine ?

Dans un rire sarcastique, Ankhsenamon rejeta la tête en arrière :

– Fais-moi confiance, je sais comment briser ta résistance !

Elle se tourna vers les cavaliers :

– Conduisez-le dans mes appartements et enfermez-le ! Ensuite, débrouillez-vous pour attraper Iti et ses complices, et n'interrompez vos recherches que lorsque vous les aurez débusqués. Par Amon, je ne tolérerai plus aucun échec ! Mobilisez des renforts et retournez toute la ville. Si vous ne les trouvez pas d'ici la nuit prochaine, je vous jette aux crocodiles. Est-ce clair ?

Tous s'empressèrent d'acquiescer.

Immobile, Ankhsenamon les regarda entraîner Kamose à l'intérieur. Puis elle prit le chef des cavaliers à part et l'attira près de la charrette derrière laquelle s'étaient réfugiés Iti et les enfants. Ces derniers se firent tout petits et retinrent leur souffle.

– Écoute-moi bien, déclara Ankhsenamon. J'ai un message secret à te confier. Tu le remettras à une personne de la plus haute importance.

– Je ferai tout ce que tu exigeras de moi, ô ma reine…, répondit l'homme, d'un ton servile.

La jeune veuve eut un nouvel éclat de rire arrogant :

– Je te le conseille vivement, car ces derniers temps je suis tout, sauf satisfaite de tes services ! C'est une deuxième chance que je te donne en te chargeant de cette mission, pendant que tes troupes seront à la recherche de cet... Iti.

Derrière le chariot, tous les yeux étaient rivés sur la belle jeune femme, qui sortit soudain des plis de sa robe un rouleau de papyrus cacheté.

– C'est une lettre pour le roi Suppiluliuma. Tu dois immédiatement le...

– Suppiluliuma, l'empereur des Hittites ? l'interrompit le soldat.

– Qui d'autre veux-tu que ce soit ? grinça Ankhsenamon en haussant les épaules. Le sujet de cette lettre est très grave ; personne d'autre que Suppiluliuma ne doit en prendre connaissance. Tu as compris ?

– Oui, grande souveraine.

– L'avenir de notre pays dépend de cette missive. Si elle tombe en de mauvaises mains, nous sommes tous perdus ! insista-t-elle dans un souffle. Il est bien évident que, si elle n'atteint pas son destinataire, tu le paieras de ta vie. En route, maintenant. Je t'attends ici, à la cour, dans deux semaines... avec de bonnes nouvelles, cela s'entend.

Le messager plongea dans une révérence et prit le rouleau de papyrus. Puis il s'inclina de nouveau.

– C'est bon, assez perdu de temps, s'impatienta Ankhsenamon. Fais-toi préparer une monture et pars sans plus attendre !

Sur ces mots, elle s'éloigna d'une démarche souple et légère, et disparut à l'intérieur du palais.

Le cavalier tourna les talons à son tour et se dirigea vers les stalles où attendaient les chevaux.

– Je n'y comprends rien, murmura Iti en se redressant.

Il paraissait complètement abasourdi.

– Tous nos soupçons tournaient autour d'Ay, alors qu'il semblerait que l'instigatrice du complot soit Ankhsenamon ! J'ai vraiment du mal à le croire. Toutankhamon et son épouse avaient l'air si heureux ensemble…

– Quel pourrait bien être son mobile ? réfléchit Kim à haute voix.

Iti haussa les épaules :

– Il est possible que leurs difficultés à mettre au monde un enfant soient au cœur du problème. Il n'y a pas d'héritier au trône, et beaucoup de gens au palais en tiennent Ankhsenamon pour responsable. Elle a sans doute peur d'être chassée de la cour. Peut-être espère-t-elle épouser le prochain pharaon ? Elle aurait ainsi une nouvelle chance de donner naissance à des enfants en bonne santé, ce qui assurerait sa position une fois pour toutes !

– Quel plan diabolique ! s'exclama Kim en frissonnant de dégoût. Heureusement que Kija nous a conduits jusqu'ici, sinon, on n'aurait jamais pu deviner quoi que ce soit…

– Et la lettre ? Dans quel but l'a-t-elle écrite ? s'interrogea Léo. On devrait y jeter un œil. Je veux savoir ce qu'Ankhsenamon a l'intention de faire.

– Et par quel moyen comptes-tu la lire ? demanda Julien.

– Facile ! lâcha Léo, sûr de lui. Le messager sera tout seul sur les routes, et nous, cinq ! Ce qui veut dire, bien plus nombreux…

Julien gémit mais s'abstint de tout commentaire.

– Dans ce cas, il faut se dépêcher, car l'homme va très vite disparaître dans le désert. Il doit être en train de choisir son cheval, suivons-le ! suggéra Iti.

Les enfants à sa suite, il courut aux écuries, puis obliqua vers l'est, et s'arrêta un peu plus loin.

– L'empire hittite est dans cette direction, il va probablement passer par là, expliqua le jeune Égyptien.

– Ça s'annonce plutôt bien, fit Kim. Maintenant, il faut s'assurer qu'il nous remette le rouleau de papyrus.

– Ça m'étonnerait qu'il le fasse de son plein gré, soupira Julien, qui avait horreur de toutes les formes de violence.

Kim eut un petit sourire ironique :

– Tu as raison. Il va falloir le « convaincre », si tu vois ce que je veux dire…

– Pas vraiment, non. J'attends avec impatience tes explications, répliqua le garçon.

Mais Kim n'en dit pas plus. Elle observait attentivement les alentours. La ruelle était déserte et, à cet endroit, particulièrement étroite. C'était plutôt une bonne chose, car il leur faudrait, d'une façon ou d'une autre, arrêter le messager, sans lui laisser la possibilité de les éviter.

Et si, en les voyant, il décidait de tourner les talons et de donner l'alerte ?

« Ce serait vraiment la tuile… », songea la jeune fille. Les idées se bousculaient dans sa tête, pendant que ses doigts jouaient avec une mèche de cheveux. Ils avaient peu de temps : dans quelques minutes, le cavalier passerait ici à toute allure avant de disparaître dans l'obscurité. Soudain, devant l'entrée d'une maison, elle aperçut un cordage enroulé sur lui-même comme un serpent. Une idée lui traversa l'esprit ; aussitôt, elle en fit part à ses amis.

Un instant plus tard, le groupe s'était scindé

en deux et se tenait de part et d'autre de la ruelle, dissimulé par les angles des murs. On entendit soudain un martèlement de sabots : le messager arrivait !

Les mains de Kim serrèrent la corde, pour l'instant posée à terre. Léo et Kija se pressaient contre la jeune fille. Elle jeta un coup d'œil en face : Iti et Julien tenaient fermement l'autre extrémité. Le plan de Kim était simple, mais risqué : dès que l'homme approcherait, il suffirait de tendre le lien pour que le cheval soit stoppé. Tout allait se jouer à la seconde près…

– Maintenant ! hurla Kim en tirant de toutes ses forces.

L'animal hennit et fit un écart, comme s'il avait aperçu l'obstacle devant lui. Il désarçonna son cavalier, qui mordit la poussière en poussant un cri. Vifs comme l'éclair, Kim et Léo se précipitèrent, tandis qu'Iti et Julien bondissaient de leur cachette. Malheureusement, l'homme récupéra de sa chute plus vite que prévu, et fut sur pied en un clin d'œil. Il tenait le rouleau de papyrus serré contre sa poitrine ; tout à coup, il glissa l'autre main sous sa ceinture et en ressortit un poignard.

– Un pas de plus, et vous êtes morts !

Son regard fébrile allait de l'un à l'autre. Avec prudence, il fit quelques pas en direction du palais.

« Oh, non ! se dit Kim. Il va appeler à l'aide et tout sera fichu ! Ça ne peut pas se passer comme ça… »

Kija choisit cet instant pour venir à leur rescousse. Elle sauta sur le messager et lui enfonça ses griffes acérées dans le mollet. L'homme hurla et essaya de lui donner un coup de couteau. Les jeunes gens profitèrent de ce moment d'inattention pour le maîtriser. Iti réussit à lui bloquer la bouche jusqu'à ce qu'ils l'aient bâillonné à l'aide d'un lambeau de tissu. Puis ils lui confisquèrent le rouleau, le ligotèrent avec la corde et le traînèrent, en dépit de ses contorsions désespérées, dans une arrière-cour à l'abandon. Ils tentèrent alors de déchiffrer le contenu de la lettre à la lueur de l'aube naissante. Ce fut difficile, mais ils finirent par réussir. Ce qu'ils lurent leur donna la chair de poule.

– Ankhsenamon veut s'allier aux Hittites, les pires ennemis de l'Égypte ! s'écria Julien avec effroi.

Kim posa son index au milieu du papyrus :

– Et ce n'est pas tout ! Elle veut également épouser l'un des fils de Suppiluliuma, l'empereur hittite !

La jeune fille lut à haute voix :

– « Je n'ai pas de fils, contrairement à toi qui, comme l'assure le dicton, a été béni des dieux. Accepterais-tu de me donner l'un de tes descendants pour mari ? »

Iti se mit en colère :

– C'est à n'y rien comprendre ! Elle ne pense qu'à son propre pouvoir en agissant ainsi, car celui qu'elle épousera deviendra automatiquement le nouveau pharaon, et elle, bien entendu, gardera sa position de reine !

– Mais pourquoi s'adresse-t-elle à un rival de l'Égypte ? s'étonna Kim.

– Parce qu'elle n'a trouvé personne d'aussi prestigieux ici ! expliqua Iti. Ay ne supporte pas Ankhsenamon, il ne se mariera jamais avec elle. Il a sans doute l'intention de l'écarter de la cour et de devenir lui-même pharaon, avec une autre reine à ses côtés.

Tout devint clair pour Kim :

– Ankhsenamon devait se douter qu'on finirait par l'éloigner. Elle s'est débarrassée de Toutankhamon pour empêcher qu'on ne la chasse en arguant du manque d'héritier. Mais elle a besoin d'avoir à ses côtés un nouvel homme assez puissant pour la protéger, peu importe qu'il s'agisse d'un ennemi ! Si elle arrive à mener à bien son projet, je ne donne pas cher de la vie du vizir !

– Peut-être qu'on pourrait unir les deux empires en une superpuissance, réfléchit Julien à haute voix.

– Jamais ! s'étrangla Iti. On ne peut pas faire confiance aux Hittites. Ils nous combattent depuis de longues années et pénètrent régulièrement sur notre territoire.

Julien se retint de remarquer que les Hittites pouvaient reprocher la même chose aux Égyptiens. Il préféra changer de sujet :

– Le plan d'Ankhsenamon est terrifiant. Quand je pense qu'on soupçonnait Ay ! Lisons ce qu'elle écrit ensuite…

Dans les lignes suivantes, la souveraine avouait qu'elle vivait dans l'angoisse. Sa plus grande peur était de devoir épouser un homme du peuple et, ainsi, de perdre tous ses privilèges.

Les jeunes gens étaient si profondément plongés dans la lecture de la lettre qu'ils ne s'aperçurent pas que le messager avait réussi à libérer ses pieds. Tout à coup, il se mit à courir. Iti et Léo s'élancèrent à sa poursuite ; hélas, ils durent vite renoncer. Le jour venait de se lever : marchands et pêcheurs commençaient à envahir les ruelles et il était désormais impossible de maîtriser le fuyard sans éveiller l'attention.

– Quelle poisse ! s'énerva Léo. Ce sale type va foncer au palais et donner l'alerte. Une fois Ankhsenamon prévenue, ses hommes vont nous traquer comme du gibier. Oh, une patrouille arrive… Vite, filons !

12. Près du but

Iti les entraîna jusqu'au Nil, au bord duquel ils trouvèrent refuge dans une cabane de pêcheurs délabrée ; ils y seraient en sécurité, au moins pour quelque temps. Rê, le dieu-soleil, avait maintenant achevé sa conquête des cieux et la vie autour du fleuve majestueux avait repris son cours. Sans prévenir, la faim et la fatigue s'abattirent sur les enfants. Ils se sentaient soudain sales et à bout de forces. Iti semblait plus en forme et s'aperçut de leur état.

– Je vais vous chercher à manger et à boire, leur annonça-t-il avec assurance.

– Et comment vas-tu faire ? Il te reste des debens ? demanda Julien.

– Non, reconnut l'Égyptien.

– Je ne veux pas que tu voles pour nous ! protesta le garçon.

Iti eut un petit sourire en coin :

– Qui parle de voler ? Je vais emprunter quelque chose que je rapporterai plus tard, c'est promis !

– Fais attention à toi, fit Julien. Il y a des soldats partout !

Son regard soucieux suivit le jeune homme, déjà en route vers la ville.

En l'attendant, les enfants s'allongèrent devant le cabanon. Kija, bien plus alerte que ses maîtres, disparut au milieu des ruines. Quelques minutes plus tard, un couinement témoigna que la chatte avait réussi à attraper une souris.

– Si je ne me dépêche pas de manger, je vais m'évanouir.., grogna Léo, le visage fermé.

Il croisa les bras sous sa nuque et contempla le ciel immaculé.

« Quel temps peut-il faire à Siebenhann ? se demanda-t-il. Pleut-il encore ? Une petite douche venue d'en haut serait la bienvenue !

Ici, il ne semble jamais y avoir d'averses. » Lorsqu'ils seraient rentrés, il vérifierait le nombre de jours de pluie annuels en Égypte. Il y en avait forcément très peu, car le pays était composé en grande majorité de déserts. La vie dépendait du Nil qui fournissait l'eau, indispensable à l'agriculture et aux besoins quotidiens des Égyptiens.

Les pensées du garçon retournèrent à Siebenhann. Rien ne les empêchait de regagner le pylône et de sauter dans leur monde. En moins d'une heure, ils seraient au Venezia, attablés devant une glace. L'idée de déguster un tel délice lui fit venir l'eau à la bouche. Mais avait-il vraiment envie de partir ? Que deviendraient Iti, Kamose et Kheruef ? On ne pouvait tout de même pas prendre la poudre d'escampette et les abandonner à leur triste sort ! De plus, le jeune Égyptien était parti leur chercher à manger…

– À quoi penses-tu ? lui demanda soudain Kim.

Léo se sentit pris en flagrant délit et la fixa, surpris.

– Je parie que tu songeais à Siebenhann, glissa la jeune fille.

– Depuis quand lis-tu dans mon esprit ? s'écria-t-il, tout étonné.

– C'est évident…, répondit Kim calmement. Moi aussi, j'y pense. Pas toi, Julien ?

Le garçon hocha la tête.

– Tu vois…, fit Kim à Léo. On est en mauvaise posture, c'est pour cela que la maison nous manque.

– Ça, c'est sûr ! approuva Léo, l'air sombre. Les gardes sont à nos trousses. On ne pourra pas fuir éternellement et, tôt ou tard, ils finiront par nous mettre la main dessus. Ankhsenamon ne reculera devant rien pour nous retrouver. Pourtant, on ne peut pas laisser tomber Kheruef, Iti et Kamose…

– Je suis d'accord avec toi. On doit les aider, confirma Julien.

– Oui, mais comment ?

Julien plissa le front :

– Certainement pas en restant couchés ici à rêvasser. Il faut agir !

Léo et Kim le considérèrent avec stupéfaction. Jamais ils n'auraient cru entendre de tels mots sortir de sa bouche.

– Il faut aller là où nos adversaires ne nous attendent pas, poursuivit le garçon.

Il se leva et se mit à faire les cent pas, sous les yeux ébahis de ses amis.

– À votre avis, quel est le seul endroit où l'on n'ira pas nous chercher ? leur demanda-t-il.

N'obtenant pas de réaction, il répondit lui-même :

– Dans la gueule du loup, bien sûr !

– Mais qu'est-ce que tu chantes ? Je n'y comprends rien ! avoua Léo.

Julien lui tapota l'épaule :

– Pas de problème, je vais me faire un plaisir de t'expliquer. Kamose est au palais ; ainsi qu'Ankhsenamon et le vizir, qui n'est pas au courant du complot de la souveraine. Il faut donc le prévenir, car lui seul peut mettre un terme à ce cauchemar ; pour cela, on va se rendre au palais… Tout simplement !

– Cette fois-ci, tu as perdu la raison ! s'exclama Kim. C'est le soleil qui t'a desséché le cerveau, ou quoi ? Ankhsenamon va être enchantée de nous voir : il lui faudra moins d'une minute pour nous faire arrêter et condamner à mort !

Un sourire rusé éclaira le visage de Julien :

– Mais non, les choses ne se passeront pas comme ça ! On va se déguiser, s'introduire incognito dans le palais et aller trouver Ay ! Tiens, voilà Iti ! Il rapporte de quoi manger...

Le jeune homme partagea son butin : des fruits et du pain.

– Où les as-tu trouvés ? demanda Kim, la bouche pleine.

– Je les ai empruntés..., lança Iti avec une petite grimace.

– Pendant que tu étais parti, Julien a eu une idée, lui expliqua Kim. Il allait nous détailler son plan quand tu es arrivé.

– Vas-y, je t'écoute..., lança Iti avec impatience en écarquillant les yeux.

– On enfile des costumes, et on s'introduit au palais pour alerter le vizir, répéta Julien. Toi qui travailles là-bas, dis-nous comment l'on pourrait se travestir. Est-ce que certains marchands viennent régulièrement apporter leurs marchandises ?

Iti ne répondit pas tout de suite. Soudain, un éclair fit briller ses yeux :

– Ton idée est excellente, Julien ! Je sais qu'on livre souvent du *kyphi*. Ces essences très parfumées viennent de Phénicie et du *Pount.* Le pharaon les appréciait beaucoup et je devais souvent ajouter du kyphi aux huiles dont je me servais pour le masser. Déguisons-nous en marchands phéniciens, on n'aura aucun mal à entrer au palais ! Mais, avant, il faut se procurer des vêtements.

– Où comptes-tu les prendre ?

Iti pencha la tête :

– Je vais retourner chez mon père, je trouverai bien quelque chose qui conviendra. Pourvu qu'il n'y ait pas de gardes devant la maison !

Tout se déroula comme Iti l'espérait. Une demi-heure plus tard, il revint avec deux ânes chargés de grandes corbeilles, et distribua de longs et larges manteaux blancs aux trois amis.

– On ressemble vraiment à une caravane

partie de sa lointaine Phénicie, constata l'Égyptien avec satisfaction.

– Non, Iti, on va se faire repérer, objecta Kim. Quand ils vont voir un jeune homme accompagné de trois enfants et d'un chat, les gardes vont nous arrêter tout de suite.

Comme s'il avait une rage de dents, Iti fit la grimace.

– Tu as peut-être raison, j'aurais dû y penser. Il faut qu'on trouve une autre histoire pour…

– Pas besoin ! On va arranger ça en un tournemain, le coupa Julien. Kija se cachera dans l'un des paniers. Iti aura le rôle du marchand, Léo et moi, on jouera ses domestiques… et toi, Kim, tu seras sa femme !

– Je te demande pardon ? s'étrangla Kim.

Depuis leur troisième expédition dans le passé, sur les traces du tombeau de Gengis Khan, elle avait toujours une réaction épidermique devant ce genre de proposition. En effet, il s'en était fallu de peu qu'elle ne tombe aux mains d'un affreux marchand d'esclaves mongol qui la courtisait…

– Tu feras semblant, bien sûr ! se hâta de la

rassurer Julien. Tu cacheras ton visage derrière un foulard, comme ça, on remarquera moins ton jeune âge. Après tout, tu es aussi grande qu'une Égyptienne de taille moyenne.

La longue et mince jeune fille finit, à regret, par donner son accord.

Peu après, la petite caravane se présenta à l'un des accès du palais. Iti marchait en tête en s'aidant d'un bâton ; derrière lui venaient Kim, le visage voilé, puis les deux ânes, avec Léo et Julien à leurs côtés. Kija se pelotonnait dans l'une des corbeilles et tentait d'apercevoir l'extérieur à travers les brins de paille entrelacés. Les enfants avaient caché près d'elle la lettre d'Ankhsenamon à Suppiluliuma, l'empereur hittite. Iti se tourna vers les garçons :

– Couvrez-vous le visage, vous aussi, comme pour vous protéger des rafales du désert.

Léo et Julien échangèrent un regard dubitatif. Certes, Iti avait raison : un vent vif soufflait aujourd'hui, soulevant le sable et fouettant les jambes, mais ils devaient faire attention à ne pas se faire remarquer par une tenue vestimentaire différente de celle des autres marchands.

– Voici l'entrée des fournisseurs, leur expliqua Iti en désignant la porte.

Il eut un petit sourire forcé en poursuivant :

– C'est là que nous allons tenter notre chance…

Une queue s'était formée devant le poste de garde. Des commerçants apportant qui des vins et des perruques de Syrie, qui des œufs d'autruche de Nubie, qui de l'encens fabriqué avec de la myrrhe d'Afrique de l'Est, ou des bijoux d'Arabie finement travaillés, attendaient d'être introduits au palais.

Julien jeta un coup d'œil circulaire à la foule et constata, soulagé, que deux hommes avaient dissimulé leur visage derrière un mouchoir, ne laissant apparaître que leurs yeux. Les gardiens étaient très pointilleux et contrôlaient chaque personne avec soin avant d'ouvrir la porte. Petit à petit, la queue avançait ; Iti et les enfants approchaient du poste de contrôle. Enfin, ils firent face à un immense soldat, qui les dévisagea un long moment de bas en haut.

Il finit par débiter son lot de questions habituelles :

– D'où venez-vous ? Qu'apportez-vous ? Qui voulez-vous voir ?

Iti fit une révérence :

– Nous arrivons de la lointaine Phénicie avec nos huiles précieuses destinées à la famille royale.

– Ah oui ? lâcha le soldat.

Il promena son regard sur les enfants :

– Qui sont-ils, ceux-là ?

– Voici ma femme, dit Iti à toute vitesse, et eux sont mes domestiques…

Sa voix sonnait un peu trop aiguë pour être naturelle.

– Ta femme, vraiment…, reprit le garde lentement. Pourquoi se camoufle-t-elle ? Est-ce parce qu'elle est très laide ? Ou trop belle peut-être ?

Une goutte de sueur se forma sur la nuque de Kim et glissa le long de sa colonne vertébrale, lui chatouillant le dos.

Iti éclata d'un rire affecté :

– Parce qu'elle est ravissante, bien sûr ! Sinon, jamais je ne l'aurais épousée !

– Et toi, pourquoi portes-tu un foulard devant ton visage ? voulut savoir la sentinelle en fixant le jeune Égyptien.

– Pour me protéger du vent, évidemment !

Il se fit plus familier :

– Essaie donc d'aller faire un tour là-bas et tu verras ! *Sekhmet* est de mauvaise humeur aujourd'hui : jamais ça n'a soufflé comme ça ! Cette traversée du désert, tu parles d'une partie de plaisir !

– C'est bon, on n'est pas dans le désert, ici...

– Tu as raison, répondit Iti en découvrant son visage.

Kim ferma les yeux et attendit. Si ce géant connaissait leur ami, alors tout était perdu. En tremblant, elle entrouvrit les paupières. L'homme s'était déjà détourné. Kim l'observa à la dérobée : avait-il remarqué quelque chose ? Avait-il reconnu le jeune Égyptien ?

– Très bien, lâcha enfin la sentinelle. Vous pouvez entrer. Vous attendrez ici que je fasse appeler quelqu'un pour vous annoncer. Puis vous pourrez donner vos huiles à leur destinataire.

Les enfants poussèrent un soupir de soulagement. Ils franchirent la porte en file indienne et s'installèrent à l'ombre d'un *obélisque* pour se protéger des rayons du soleil.

– Ouf, ça s'est bien passé ! s'exclama Iti d'un ton léger. Je savais qu'il ne me connaissait pas, sinon je ne serais jamais passé par là, j'aurais emprunté l'accès réservé au personnel. Les gardes ne changent quasiment jamais de poste !

– Tu aurais pu nous le dire plus tôt ! protesta Kim.

– Désolé, je n'y ai pas pensé…, reconnut Iti.

Un homme âgé, voûté et seulement vêtu d'un pagne, fit alors son apparition.

– Vous, là-bas ! Venez…, grogna-t-il. Je vous conduis aux bains ; vous pourrez y déposer votre marchandise.

« Tu sens aussi fort qu'un bouc ! pensa Kim. Un peu de parfum ne te ferait pas de mal… » Elle s'abstint néanmoins de tout commentaire, de peur de faire échouer la mission par une remarque inconsidérée, et se contenta de suivre ses amis.

– On y est presque ! murmura Iti avec enthousiasme. On s'approche des appartements d'Ay. Dès qu'on y est, on s'engouffre à l'intérieur. Le vieux ne pourra pas nous retenir. Personne ne nous empêchera d'atteindre notre but maintenant qu'on en est si proches ! Soyez prêts...

– Halte ! cria quelqu'un derrière eux.

Saisis d'effroi, les jeunes gens se retournèrent : ils connaissaient cette voix.

Ankhsenamon se tenait sur les marches d'un escalier décoré de vases en argile très travaillés.

– Ne bougez plus !

Des soldats lourdement armés firent irruption derrière elle.

– Attrapez-les ! leur commanda sèchement la souveraine.

Les hommes se précipitèrent sur les quatre amis et les jetèrent à terre. Ankhsenamon s'approcha et fixa en souriant les prisonniers qui gisaient à ses pieds dans la poussière.

– Ainsi, vous apportez des huiles pour la famille royale ? railla-t-elle. Laissez-moi rire ! Nos fournisseurs sont passés hier ! Vous mentez ! Pourquoi êtes-vous ici ?

N'obtenant pas de réponse, elle fit un signe à ses hommes, qui arrachèrent les foulards du visage des enfants. Le rire d'Ankhsenamon résonna dans la cour.

– C'est bien ce que je pensais : Iti et ses étranges compères !

En un éclair, elle redevint sérieuse et ordonna :

– Fouillez les corbeilles !

Les gardes obéirent et, soudain, un hurlement retentit. L'un d'eux venait de plonger sa main dans la corbeille où Kija était cachée, et elle l'avait mordu.

– Sale bête ! rugit le blessé.

Il tenta de frapper Kija, mais la chatte s'élança hors du panier, évita le soldat d'un bond élégant et disparut derrière un mur.

– Laisse cet animal tranquille, c'est sans importance ! commanda la souveraine avec mépris. Cherche plutôt ma lettre !

Il ne leur fallut qu'une seconde pour la trouver. Visiblement soulagée, Ankhsenamon pressa le papyrus contre elle, puis déclara :

– Emmenez-les dans la salle d'audience. Je veux m'entretenir tranquillement avec eux avant de les faire juger. Je dois savoir s'ils ont parlé du contenu de cette missive à quelqu'un.

Les jeunes gens furent remis sur pied sans ménagement, puis ils durent s'agenouiller et on leur ligota les mains. Tandis qu'on les entraînait à travers le palais, Léo ne put s'empêcher de penser une fois encore à Siebenhann. Ils avaient eu la possibilité, deux heures plus tôt, de quitter Thèbes. Il aurait suffi qu'ils rejoignent le pylône pour entamer leur voyage de retour, au terme duquel leur petite ville de Siebenhann les aurait accueillis à bras ouverts. Mais ils avaient laissé passer cette dernière chance, et maintenant c'était la mort qu'ils allaient trouver au bout du chemin.

13. La loi du silence

Léo jetait des regards désespérés à ses amis, bâillonnés comme lui. Dans les yeux de Julien, il lut de la résignation. Où les emmenait-on ? Au cachot, là où Kamose était détenu ? Et si le médecin avait une idée pour les sortir de là ? Non, c'était impossible. Leur voyage était bel et bien terminé, et leur vie aussi.

Abattus, ils longeaient à petits pas le grand couloir au sol de marbre, dont les murs étaient ornés de représentations de divinités, principalement de *Thot*, le scribe des dieux, facilement reconnaissable à sa tête de babouin. Ils passèrent devant des salles d'écriture dont les portes ouvertes laissaient échapper des chuchotements. Un fonctionnaire portant un pupitre passa à côté des jeunes gens et les dévisagea avec curiosité.

– Oh ! s'exclama-t-il. C'est toi, Iti !

On le sentait partagé entre la surprise et une colère réprimée à grand-peine.

– Tais-toi ! lui ordonna durement Ankhsenamon.

L'homme s'inclina jusqu'à terre.

– Je te demande pardon, ma souveraine, lâcha-t-il servilement. En fait, je me réjouis qu'on l'ait arrêté : j'ai joué avec lui et il a triché !

La jeune veuve eut un geste méprisant :

– Si ce n'est que ça !

– Ai-je bien entendu ? De qui parle-t-on, par Amon ? gronda au même instant une voix provenant de l'une des pièces attenantes.

Les prisonniers tournèrent la tête : un homme âgé et de haute stature venait d'apparaître : c'était Ay, toujours vêtu de son ample tunique blanche sur laquelle était brodée la déesse Maât. Léo tenta de se débarrasser du morceau de tissu qui le muselait. Si seulement il avait pu parler, il aurait tout expliqué au vizir et ils auraient été sauvés ! Mais, en dépit de ses efforts désespérés pour mordre l'étoffe afin de la déchirer, il était incapable d'émettre le moindre son.

– Inutile de te déranger… Ce ne sont que de simples prisonniers ! expliqua Ankhsenamon, impassible, les doigts étroitement serrés sur le rouleau de papyrus.

Le vizir ne tint pas compte de sa remarque.

– Voyons un peu, fit-il en tournant autour du petit groupe. Je ne crois pas qu'il s'agisse de détenus ordinaires : si tel était le cas, tu n'aurais pas daigné poser tes yeux sur eux ! Ne serait-ce pas les quatre personnes que nous recherchons depuis des jours ?

Léo jeta un regard suppliant au vizir, mais celui-ci ne le remarqua pas. Le bâillon avait probablement entaillé la commissure de ses lèvres, car le garçon avait le goût du sang dans la bouche.

Ankhsenamon montra soudain une certaine nervosité :

– C'est possible. Je m'occupe de tirer cette affaire au clair, tu peux te remettre à l'ouvrage.

Ay haussa les sourcils.

– C'est à moi de décider du moment où je retournerai travailler. Seul mon pharaon peut me donner des ordres, déclara le deuxième personnage de l'État.

– Il est mort ! riposta la jeune veuve, l'air lugubre.

– Cela ne signifie pas que tu es en droit de prendre sa place et de m'obliger à t'obéir, rétorqua sèchement Ay.

Une telle impudence rendit le visage d'Ankhsenamon vert de colère, mais elle se tut, premier faux pas dans ce duel au sommet qui sc jouait dans le couloir du palais.

– Avancez ! ordonna-t-elle aux soldats. Emmenez-les au cachot !

– Pas si vite ! intervint le vizir. J'ai quelques questions à poser à Iti.

– Tu pourras le faire pendant le procès, répliqua la belle Égyptienne.

Ay parut hésiter.

– Très bien, lâcha-t-il finalement en s'approchant tout près d'elle. Mais tu me garantis que l'on ne touchera pas à un seul de leurs cheveux tant qu'ils seront en détention… Je ne veux pas qu'il leur arrive quoi que ce soit de fâcheux !

Ankhsenamon eut un sourire fourbe :

– Bien entendu !

« Tu parles ! pensa Léo avec effroi. Si on met un pied en prison, on est morts ! »

Tout à coup, il sentit une fourrure chaude et épaisse frôler sa jambe nue. Kija ! Elle les avait suivis discrètement et, sans bruit, se dirigeait tête baissée vers la souveraine, qui lui tournait le dos.

– Encore cette saleté de bestiole ! s'écria soudain l'un des gardes en l'apercevant.

Ankhsenamon se retourna. Au même instant, Kija bondit en feulant et se jeta sur la veuve, qui hurla de frayeur et leva les bras pour se protéger. La chatte profita de ce geste pour lui arracher le papyrus des mains, puis retomba gracieusement sur le sol et courut jusqu'au vizir, aux pieds duquel elle déposa le rouleau.

L'attaque de Kija avait surpris tout le monde, et quelques secondes s'écoulèrent sans que personne prononce un seul mot. Les jeunes gens, reprenant courage, échangèrent un regard complice. Ankhsenamon fut la première à se remettre de sa frayeur.

– Donne-moi ce papyrus, Ay ! glapit-elle.

Le vizir eut un sourire amusé :

– J'ai l'impression que cette lettre est d'une extrême importance, il me paraît donc indispensable que le plus faut fonctionnaire de l'État en prenne connaissance. Ah, ah, je vois qu'elle est destinée à Suppiluliuma, le pire ennemi de l'Égypte… Très intéressant, vraiment.

Il déroula la missive.

– Non, non et non ! hurla la souveraine en se précipitant sur le vizir.

Mais elle ne put l'atteindre : Kim tendit la jambe et le croche-pied déséquilibra la veuve, qui s'écroula à terre. L'un des gardes fit mine d'attraper Kim pour la frapper, mais Ay l'en empêcha.

– Laisse cette petite tranquille ! lui enjoignit-il avant de poursuivre sa lecture.

– Tu n'as pas le droit de donner des ordres à mes troupes ! fulmina Ankhsenamon en se

relevant. Et maintenant rends-moi tout de suite cette lettre !

Le vizir leva les yeux du papyrus et se tourna vers les soldats.

– Arrêtez-la ! les somma-t-il. Cette femme est coupable de trahison !

Les vigiles, troublés, hésitèrent un instant : à qui devaient-ils obéir ? Ay se mit à lire le message à haute voix, et les hommes comprirent tout de suite de quel côté ils devaient se ranger.

– Lâchez-moi ! Comment osez-vous poser la main sur une reine ? Cela vous coûtera votre tête ! cria Ankhsenamon, tandis qu'on la maîtrisait.

Ay fit signe à un fonctionnaire, qui libéra les jeunes gens des liens leur entravant les mains et la bouche, puis le vizir considéra Kija avec admiration :

– Quelle intelligence exceptionnelle !

La jolie bête bondit dans les bras de Kim, qui se mit à la caresser tout en contemplant, fascinée, ses grands yeux émeraude.

– Merci, ma belle... Merci beaucoup ! souffla-t-elle, au bord des larmes.

En souriant, Ay déclara aux quatre amis :

– Maintenant que votre chatte vient de donner un tour inattendu à cette affaire, il me semble indispensable que nous ayons une petite conversation.

– Nous avons intercepté la lettre avant qu'elle n'atteigne Suppiluliuma, fit Julien.

Puis il lui expliqua en détail tout ce qui s'était passé. Iti compléta le récit du garçon en évoquant le personnage aux longs cheveux, portant de l'huile parfumée, qu'il avait vu auprès de Toutankhamon. Lorsqu'il eut terminé, le vizir resta songeur un moment.

– Qu'as-tu à répondre à cela ? demanda-t-il à mi-voix à la belle Égyptienne.

Elle lui lança un regard farouche :

– En me mariant à un prince hittite, j'aurais pu unir les deux empires. Ensemble, nous aurions été invincibles !

Ay ricana :

– Es-tu vraiment si naïve ? Tu sais pourtant qu'on ne peut faire confiance aux Hittites. Si on leur tend la main, ils s'empressent de la couper !

Le vizir fit une pause pour réfléchir. Lorsqu'il reprit la parole, ses yeux n'étaient plus que deux fentes entre ses paupières à demi fermées :

– Je crois que la vérité est bien différente, Ankhsenamon. Tu es trop intelligente pour n'avoir pas senti le danger d'une telle proposition. C'est le pouvoir que tu voulais, et à n'importe quel prix ! Même en t'alliant à nos plus terribles adversaires... Peu importait le sort de notre pays, ce qui comptait pour toi, c'était de rester sur le trône !

La souveraine baissa la tête et se tut.

– Tu ne sais que dire ? poursuivit Ay. Mais j'ai encore une question : est-ce toi qu'Iti a vue s'enfuir de la salle où se trouvait Toutankhamon, un lourd vase d'huile à la main ?

La veuve hocha la tête.

« C'est donc ça ! pensa Kim. Le magnifique objet orné avec art, présenté lors de l'exposition des trésors de la tombe de Toutankhamon, est bien l'arme du crime. »

– Comment as-tu pu tuer notre pharaon ? demanda le vizir, bouleversé.

Ankhsenamon haussa les épaules.

– Tout le monde au palais me rendait responsable de l'absence d'héritier au trône, même mon propre mari ! s'écria-t-elle. Il menaçait de me bannir de la cour... Mais une malédiction le frappait peut-être, lui aussi : en dépit de sa jeunesse, c'était un homme très malade et...

Ay lui coupa la parole :

– Je refuse d'entendre ces sornettes ! Tu voulais rester au pouvoir, et pour y parvenir tu n'as pas hésité à tuer de façon impitoyable, un point c'est tout ! Hors de ma vue, traîtresse ! Emmenez-la !

Les gardes se saisirent sans ménagement de la jeune femme.

– Un instant ! lança Julien. Puis-je demander quelque chose à Ankhsenamon ?

Le vizir acquiesça.

– Pourquoi tes hommes ont-ils signalé leurs passages par des représentations de Seth ?

– Le règne du chaos était venu, répondit la souveraine. Les temps anciens et leurs dieux étaient condamnés. En unissant l'empire hittite au nôtre, nous nous serions débarrassés de ces prêtres tout-puissants, à ton image, Ay ! Après la destruction des vieilles institutions, une nouvelle ère aurait vu le jour.

– Voilà de bien grands mots dans la bouche d'une infâme meurtrière, railla le haut fonctionnaire. Emmenez-la !

Iti s'avança et supplia le vizir :

– Mon père est en prison. Libère-le, par pitié !

Il se tourna vers les soldats :

– Savez-vous où est mon ami Kheruef ?

Un homme se manifesta :

– Au cachot, lui aussi !

Ay fit signe aux gardes qu'ils pouvaient accéder à la demande d'Iti.

Une heure plus tard, les enfants et Iti étaient installés dans l'immense salle d'écriture réservée au deuxième personnage de l'État. Kamose et Kheruef les avaient rejoints. Lorsque le médecin était apparu, flanqué de deux gardiens, son fils était tombé dans ses bras. Pendant que les jeunes gens leur racontaient les derniers événements, le vizir fit apporter de délicieux mets et rafraîchissements.

– Je vous dois de sincères remerciements, leur dit-il. Je n'ose imaginer ce qui se serait passé si Ankhsenamon avait pu mettre son projet à exécution…

– Que va-t-il lui arriver, à présent ? demanda Kim.

Elle redoutait d'être responsable de la condamnation à mort de la veuve de Toutankhamon.

La réponse d'Ay la surprit :

– Elle sera chassée du palais et envoyée dans une région reculée d'Égypte, où elle ne sera connue de personne.

– C'est tout ?

– Oui.

Iti se mêla à la conversation.

– Mais comment vas-tu expliquer au peuple que tu gracies une meurtrière ? Elle a tué le pharaon ! s'écria-t-il, indigné.

Le vizir leva la main dans un geste d'apaisement.

– C'est vrai. Mais cet assassinat doit passer pour un accident, et je ferai en sorte qu'il en soit ainsi… Vous-mêmes devrez vous taire ! fit-il d'une voix ferme. Vous n'êtes au courant de rien, est-ce clair ? Sinon, vous pourrez dire adieu à la vie !

– Mais pourquoi, par Amon ?

Ay prit un grain de raisin sur un plateau.

– La raison l'impose. La réputation de la famille royale ne doit pas être entachée par un meurtre félon. De grands pharaons, et non de lâches meurtriers, se sont illustrés sous son nom. Et puis, il y a un autre aspect à prendre en considération…

Il fit une pause étudiée et en profita pour déguster des raisins sucrés, sous les regards intrigués que lui jetait le petit groupe.

– C'est moi qui serai le prochain pharaon, déclara-t-il solennellement. Toutankhamon n'a pas de successeur, et les prêtres, les fonctionnaires et les soldats me soutiennent. Je ne souhaite pas voir mon règne commencer par un crime. Qui sait, certaines langues de vipère seraient bien capables de laisser entendre que j'ai commandité le meurtre du pharaon pour accéder au pouvoir, et que j'ai tout mis sur le dos de la pauvre veuve innocente ! S'il n'y a pas d'assassinat, il n'y a pas de suspect, vous comprenez ? La mort de Toutankhamon était un accident !

Songeurs et un peu déçus, tous se taisaient. Ay remarqua leur malaise et changea de sujet :

– À propos, Iti, que dirais-tu d'une petite partie avec moi ? J'ai entendu dire que ton jeu était remarquable !

Avec précaution, un pêcheur guidait son canoë à l'aide d'une longue rame sur les flots paisibles du Nil. Le soleil commençait déjà à disparaître derrière la Vallée des Rois.

Les enfants s'étaient installés sur la rive du majestueux cours d'eau. Ils avaient quitté le palais une heure auparavant et, plutôt que de suivre Iti, Kheruef et Kamose, partis organiser une grande fête à la maison, ils avaient préféré le calme du fleuve, qui les reposait de cette folle journée.

Léo fit ricocher un caillou à la surface de l'eau ; Kim et Julien s'amusaient avec Kija. Une fois de plus, la chatte était la seule à ne montrer aucun signe de fatigue.

– Un crime machiavélique déguisé en accident…, murmura soudain Julien.

Kim lui jeta un coup d'œil de côté :

– Ça ne te plaît pas de devoir garder le silence, n'est-ce pas ?

– Non, c'est vrai.

– Mais que veux-tu qu'on fasse, une fois rentrés à Siebenhann ? Demander que l'on récrive les livres d'histoire ? Personne ne nous croira ! À moins qu'on ne révèle l'existence de Tempus…

Les yeux de Julien lancèrent des étincelles :

– Jamais ! Ce secret nous appartient !

– C'est comme ça que je vois les choses, moi aussi, approuva Kim avec détermination. Après tout, on sait maintenant qui a tué Toutankhamon, ce n'est pas rien, tout de même !

Le garçon lui sourit :

– C'est sûr ! Mais ce n'est pas facile de taire un secret pour en protéger un autre. À propos de Tempus, ne faudrait-il pas songer à notre voyage de retour ?

Léo s'avança vers eux.

– Qu'est-ce que vous complotez, tous les

deux ? demanda-t-il en inspectant le sol pour trouver une autre pierre plate.

– Julien vient de proposer de rentrer à Siebenhann.

– Bonne idée, l'énigme est résolue à présent !

– Je regrette simplement de ne pouvoir dire au revoir à Iti, Kamose et Kheruef, fit Julien.

Kim se leva :

– Oui, c'est dommage... Mais, si on veut réussir notre mission « protection du secret », c'est interdit ! Allez, on y va !

Et elle s'élança en direction du temple.

Kija était la seule à ne manifester aucune envie de partir. Elle s'arrêtait sans cesse, puis disparaissait pendant de longues minutes.

– Je sais que tu aimerais rester ici, lui dit Kim.

Elle prit la chatte dans ses bras pour la réconforter, mais aussi pour leur permettre d'arriver plus vite au pylône.

– Qui sait..., lui souffla-t-elle à l'oreille. Peut-être reviendra-t-on bientôt ? Dans ce cas, je t'emmènerai, c'est promis !

14. L'adieu

Une semaine s'était écoulée depuis le retour des trois amis à Siebenhann. Voulant admirer une dernière fois, avant le départ de l'exposition itinérante, les précieux trésors de la tombe du pharaon, ils s'apprêtaient à monter dans le bus qui les emmènerait jusqu'au musée d'ethnologie de la grande ville voisine. Kim avait été à l'origine de cette deuxième visite.

– Après tout ce que nous avons traversé, j'aimerais, en quelque sorte, dire au revoir à Toutankhamon ! avait-elle expliqué.

Léo et Julien avaient été immédiatement d'accord.

Une fois arrivés, les détectives du temps se

rangèrent dans la queue qui s'était formée devant l'entrée. Kim portait en bandoulière le grand sac où se cachait Kija. Soudain, elle vit ce qu'elle cherchait : le faucon ! Il était perché sur une branche de bouleau, son regard perçant rivé sur eux. Bien sûr, elle ne pouvait affirmer avec certitude qu'il s'agissait bien du rapace rencontré lors de leur précédente visite au musée et, plus tard, dans la bibliothèque de Siebenhann, mais elle en avait l'intuition. À cette pensée, un sourire s'épanouit sur ses lèvres.

Soudain, l'oiseau déploya ses ailes et s'envola.

– Hé, qu'est-ce que tu as ? Tu prends racine ? s'écria Léo.

Kim se retourna en sursaut et rougit : la file d'attente avait avancé de plusieurs mètres sans qu'elle s'en aperçoive.

– J'arrive ! murmura-t-elle en rejoignant ses amis.

À l'intérieur du musée, la foule des visiteurs s'était un peu éclaircie. Les enfants se dirigèrent aussitôt vers la vitrine où reposait le magnifique masque mortuaire de Toutankhamon. Ils balayèrent les lieux du regard et s'aperçurent qu'ils avaient la chance d'être seuls dans la pièce pour leur dernier face-à-face avec lui... Kim libéra la chatte de sa cachette et la prit dans ses bras. Ils se penchèrent avec respect et, fascinés, contemplèrent en silence le visage d'or aux yeux immenses. C'était leur façon de dire adieu au pharaon, dont la mort prématurée constituait l'une des plus grandes énigmes de l'histoire de l'Égypte. Dans un souffle, Kim prononça quelques paroles :

– Nous nous sommes rendus dans ton pays au temps où tu le dirigeais, grand pharaon, et nous en sommes revenus avec la clé de ton secret.

Léo lui jeta un regard oblique :

– Ça m'étonnerait qu'il t'entende, tu sais...

– Je n'en suis pas si sûre, lança la jeune fille, plongée dans ses pensées.

– Venez, proposa Julien. J'aimerais aussi revoir les statues des deux gardes.

Léo lui emboîta le pas, tandis que Kim et Kija

restaient encore un moment devant la vitre. Kim fixait le masque et, soudain, elle eut à nouveau l'impression qu'il clignait les paupières. Était-ce juste un reflet lumineux, ou avaient-elles vraiment bougé ?

– Tu l'as vu, toi aussi, non ? murmura-t-elle à l'oreille de Kija.

La chatte miaula.

Soudain, des voix retentirent derrière elles : des visiteurs approchaient. Kim se hâta de plonger Kija dans le sac et rattrapa ses amis. Elle décida de ne pas chercher d'explication rationnelle à cet étrange phénomène ; Toutankhamon garderait son dernier secret.

Pour la deuxième fois de la journée, un sourire illumina son visage.

Qui était Toutankhamon ?

Toutankhamon appartenait à la XVIIIe dynastie des pharaons et aurait vécu de 1345 à 1327 av. J.-C. Les deux souverains le précédant, Akhenaton, probablement son père, et Smenkhka-rê, étant morts à peu d'intervalle l'un de l'autre, il monta sur le trône dès l'âge de sept ans. Toutankhamon s'appelait à l'origine Toutankhaton, « le reflet vivant d'Aton », parce que le pharaon Akhenaton, « l'éclat d'Aton », avait érigé Aton, le dieu-soleil, en dieu unique, au détriment de toutes les autres divinités. Toutankhaton, souverain juvénile et très influençable, permit aux anciens dieux, tels Amon ou Horus, de regagner de l'importance dans la hiérarchie divine. Toutankhaton fut rebaptisé Toutankhamon, « le reflet vivant d'Amon ». Son épouse, née Ankhsenpaaton, suivit son exemple et changea son nom en Ankhsenamon.

Ay géra les affaires de l'État pour le compte du roi enfant. Déjà vizir au temps d'Akhenaton, il exerçait une influence exceptionnelle. Cependant, au fil des années, le jeune pharaon prit de l'assurance. Il fit aménager son premier grand édifice, la salle à double colonnade du temple de Louxor. Son grand-père, le pharaon Aménophis III, en avait démarré la construction, mais était mort avant que les travaux de décoration de ce hall de quarante-cinq mètres de long n'aient commencé.

Toutankhamon remporta également quelques succès militaires : ses armées triomphèrent lors de campagnes en Syrie et en Nubie.

Toutankhamon et Ankhsenamon eurent deux filles, toutes deux mort-nées. Leurs corps furent embaumés, puis retrouvés par les archéologues, des milliers d'années plus tard.

Le jeune pharaon mourut vers l'âge de dix-huit ans. On pense aujourd'hui qu'il fut assassiné, parce que son occiput portait une blessure, probablement due à un choc avec un objet dur. Certains historiens, à l'image de Bob Brier, désignent Ay comme coupable. Le puissant vizir redoutait probablement de voir son influence décroître à mesure que Toutankhamon grandissait. Horemheb, chef des armées, troisième homme le plus puissant d'Égypte après Toutankhamon et Ay, est également souvent cité comme possible meurtrier. Lui aussi nourrissait l'ambition de devenir pharaon.

Il faut également évoquer Ankhsenamon, la veuve du souverain, qui avait un excellent motif de tuer son mari : sa soif de puissance. On lui reprochait son incapacité à donner un héritier au trône et elle était menacée de bannissement. Il a été prouvé que la jeune femme a essayé d'accéder au pouvoir dès le décès de son mari, en demandant de l'aide au pire ennemi de l'Égypte : Suppiluliuma, l'empereur hittite. Elle lui écrivit pour lui proposer d'épouser l'un de ses fils, qu'elle aurait ainsi élevé au rang de pharaon d'Égypte. Toutefois, son plan fut dévoilé au grand jour et tourna court.

Ay et Horemheb ont certainement redouté le scandale que cette machination aurait pu susciter. En effet, conclure un pacte avec un adversaire aussi dangereux aurait été considéré comme un crime de haute trahison. À la suite de cet incident, le nom d'Ankhsenamon ne fut plus jamais évoqué et l'on ignore quelle fut sa destinée.

Ainsi, trois personnes au moins auraient eu de très bonnes raisons de tuer le pharaon ; cependant, le nom du meurtrier restera secret à jamais.

Ay, le vieux vizir, sut gagner à sa cause Horemheb, bien plus jeune que lui : il promit sans doute de lui laisser le trône, mais bien entendu à la fin de son propre règne !

Dans les faits, Ay fut aux commandes des affaires de l'Égypte pendant quatre ans. À sa mort, Horemheb lui succéda. Le nouveau pharaon dirigea l'Égypte d'une main de fer pendant vingt-sept ans, et redonna au pays sa prospérité.

Tout bien considéré, Toutankhamon aura été un pharaon assez insignifiant, dont la renommée est due avant tout aux archéologues.

Howard Carter était un dessinateur et égyptologue anglais, né en 1874 et mort en 1939. Le 26 novembre 1922, il découvrit une chambre mortuaire dans la Vallée des Rois. À la faible lueur d'une bougie, il jeta un œil dans le trou qu'il venait de creuser dans un mur avec d'infinies précautions. « D'abord, je n'ai rien vu, écrivit-il plus tard. Puis, plus mes yeux s'habituaient à l'obscurité, plus je découvrais d'animaux, de statues, d'objets en or… »

Carter venait de faire une découverte sensationnelle et unique au monde : une tombe royale intacte, jamais pillée.

Petit à petit, on évacua le trésor de Toutankhamon : des bijoux, des coffres, des meubles, des écrins, deux soldats grandeur nature, une barge de cent dix centimètres de long, des chars démontés, des récipients de toutes sortes, et bien d'autres pièces exceptionnelles, remarquablement ouvragées et réalisées dans les matériaux les plus précieux, tels l'or, le *lapis-lazuli* ou les bois nobles. Les trois célèbres sarcophages de Toutankhamon, emboîtés les uns dans les autres, présentaient un grand intérêt historique. Le premier était en bois plaqué d'une feuille d'or. Le second, lui aussi en bois doré, était orné de cristaux et de pierres semi-précieuses. Le troisième, en or massif, pesait cent dix kilos quatre cents grammes ! La momie du pharaon était intacte et recouverte d'or et de bijoux. Un magnifique masque doré, aux traits paisibles et finement dessinés, était posé sur le visage du souverain.

Aujourd'hui, les trésors de Toutankhamon sont exposés au Musée du Caire. Une partie des objets funéraires du pharaon est présentée dans le cadre d'expositions itinérantes dans les musées du monde entier.

Glossaire

Amon : la plus haute divinité égyptienne. On le représentait assis, un sceptre à la main, ou debout, coiffé d'une couronne ornée de deux hautes plumes verticales.

Ankh : croix ansée symbolisant, dans l'ancienne Égypte, la vie éternelle.

Anubis : dieu à tête de chacal ou de chien sauvage noir. Il présidait les rites de la mort, entre autres l'embaumement. Durant cette opération, le prêtre portait un masque à l'effigie d'Anubis.

Deben : moyen de paiement se présentant sous la forme d'un fil de métal replié que l'on coupait pour obtenir le poids convenu. Un deben valait quatre-vingt-dix grammes d'or. Une paire de sandales coûtait trois debens ; un lit, vingt-cinq ; un bœuf, cent. Les Égyptiens anciens payaient aussi à l'aide d'anneaux en métal (les shats), qui valaient un douzième de deben. Les pièces de monnaie sont apparues en Égypte à l'époque gréco-romaine.

Hathor : déesse du ciel.

Horus : dieu du ciel à tête de faucon. Il était, avec Amon, la divinité majeure révérée par les Égyptiens. Les pharaons étaient considérés comme l'incarnation du dieu Horus sur terre.

Irep : vin.

Irtet : lait

Isis : femme d'Osiris et mère d'Horus. On la représentait souvent sous la forme d'un oiseau.

Khonsou : divinité lunaire, fils d'Amon et de Mout, qui luttait contre les forces du mal aux côtés du pharaon.

Kyphi : parfum. Première véritable eau de toilette, dont les produits de base étaient, à l'époque, la résine de térébinthe, la fleur de genêt, le roseau, le souchet, le genévrier, le safran, la cannelle, la cardamome, le nard, la menthe et le lentisque.

Lapis-lazuli : pierre bleue.

Maât : déesse de la justice au visage de femme, portant une plume sur la tête.

Mout : déesse à tête de vautour.

Nécropole : la cité des morts.

Obélisque : vient du grec *obeliskos*, la broche. Long bloc de pierre, posé sur un socle quadrangulaire, se rétrécissant à mesure qu'il s'élève et se terminant par un pyramidion.

Obsidienne : roche volcanique vitreuse utilisée pour fabriquer des bijoux et des armes.

Osiris : époux d'Isis, père d'Horus. Il était à l'origine le dieu de la fertilité, puis devint la divinité des morts et de l'accession à la vie éternelle.

Pount : le pays de Pount est situé sur la côte est de l'Afrique, à peu près au niveau de l'actuelle Somalie.

Pylône : deux tours massives entourant l'entrée d'un temple.

Rê : dieu du soleil à tête de faucon.

Scarabée : coléoptère à quatre ailes. Il était

sacré dans l'Égypte ancienne, parce qu'il protégeait le « souffle de la vie ». Pour cette raison, les Égyptiens portaient des amulettes à son effigie.

Sekhmet : déesse à tête de lion. Son haleine brûlante était associée aux vents torrides du désert.

Seth : dieu des forces du mal, de la violence et du chaos, ennemi d'Horus et d'Osiris. Sorte de croisement de l'âne et du lévrier, Seth était souvent représenté comme un animal fantastique au museau allongé et aux oreilles dressées, carrées à leur extrémité.

Thot : dieu de l'écriture, du savoir et de la magie, à tête d'ibis ou de babouin.

Vizir : le plus haut fonctionnaire du royaume d'Égypte, ministre de l'intérieur, de la justice et des finances à la fois. C'était l'homme le plus important de l'État après le pharaon.

DÉTECTIVES DU TEMPS

1. Complot dans la cité des morts
2. Panique au Colisée
3. Le tombeau caché de Gengis Khan
4. La potion du diable
5. Le secret de Toutankhamon